PANINI BOOKS

FÜR GRAHAM UND LIAM,
MEINE JUNGEN PADAWANE,
UND JENNIFER,
»ABER DASS ICH DICH BESTENS LIEBE,
DAS GLAUBE MIR …«

WILLIAM SHAKESPEARES

STAR WARS™

FÜRWAHR EINE NEUE HOFFNUNG

von Ian Doescher

Angeregt durch die Werke von George Lucas und William Shakespeare

PANINI BOOKS

FSC
www.fsc.org
MIX
Papier aus verantwortungsvollen Quellen
FSC® C006701

Bibliografische Information der Deutschen Nationalbibliothek
Die Deutsche Nationalbibliothek verzeichnet diese Publikation in der Deutschen Nationalbibliografie; detaillierte bibliografische Daten sind im Internet über http://dnb.d-nb.de abrufbar.

Titel der Amerikanischen Originalausgabe:
»*William Shakespeare's Star Wars: Verily, A New Hope*«
by Ian Doescher, published by Quirk Books, July 2013.

Übersetzung: Justin Aardvark, Jürgen Zahn
Lektorat: Jürgen Zahn
Korrektorat: John Schmitt-Weigand
Chefredaktion: Jo Löffler
Umschlaggestaltung: tab indivisuell, Stuttgart
Umschlagdesign von Doogie Horner
Illustrationen von Nicolas Delort
Satz: Greiner & Reichel, Köln
Druck: Ebner & Spiegel, CPI Books, Ulm
Gedruckt in Deutschland

1. Auflage, Mai 2014
ISBN 978-3-8332-2866-7

Auch als E-Book erhältlich:
ISBN 978-3-8332-2885-8

www.starwars.com
www.paninicomics.de

DRAMATIS PERSONAE

PRINZESSIN LEIA ORGANA, von Alderaan
GOUVERNEUR TARKIN, von der Imperialen Streitmacht
DARTH VADER, ein Sith-Lord
OBI-WAN KENOBI, ein Jedi-Ritter
LUKE SKYWALKER, ein Junge aus Tatooine
OWEN LARS, sein Oheim
BERU LARS, seine Muhme
HAN SOLO, ein Schmuggler
CHEWBACCA, ein Wookiee und Hans Erster Offizier
C-3PO, ein Droide
R2-D2, sein Weggefährte
JABBA DER HUTTE, ein Gangsterboss
GREEDO, sein Kopfgeldjäger
WEDGE ANTILLES, ein Rebellenpilot
BIGGS DARKLIGHTER, ein Rebellenpilot
CHOR

REBELLEN, PILOTEN, STURMTRUPPLER, FELDHERREN, KOMMANDEURE, ADMIRÄLE, WACHEN, JAWAS, DROIDEN, TUSKEN-RÄUBER, KNEIPENGÄSTE

PROLOG

Im Weltall.

(Chor tritt auf als Prolog.)

CHOR

Der Bürgerkrieg ist wild im Gange schon,
Als der Rebellen kleines Schiff erbeutet
Die Pläne einer mächt'gen Kampfstation,
Die für die Freiheit Unheil nur bedeutet.
Im Kampfgetümmel die Rebellen stahlen
Die Pläne dieser Waffe stark und groß.
Erst später wird enthüllt die Kraft der Strahlen,
Wenn ein'n Planet trifft schnell der Todesstoß!
Prinzessin Leia flieht, verfolgt von Scharen,
Ihr kleines Schiff ist jetzt bewegungslos.
Zu überbringen trotz der grausigen Gefahren,
Die Botschaft einer neuen Hoffnung groß.
In lang vergangner Zeit beginnt das Stück,
In unglücksel'ger Sternenwelt weit, weit entrückt.

(Chor geht ab.)

ERSTER
AUFZUG

ERSTE SZENE

An Bord des Rebellenschiffs.
(C-3PO und R2-D2 treten auf.)

C-3PO
Nun ward der Sommer unsers Hochvergnügens
Zu Winter durch des Angriffs heft'gen Schlag.
Das Schiff belagert, weiß nicht, wie es kam?
Hast du's vernommen? Der Hauptreaktor
Liegt danieder. Nun kommt das sichre End.
O wehe, Tollheit liegt hierin!

R2-D2
Bipp biep
wieb-tüt miep biep tiiiwüüp!

C-3PO
Wir sind verlorn!
Diesmal wird die Prinzessin nicht entkommen.
Ich fürcht, das ist das End der Rebellion.
Ein grausam schrecklich Schicksal uns jetzt droht!

(C-3PO und R2-D2 gehen ab.)

CHOR
Nun seht voll Staunen, wie die Tür zerbricht,
Durch die sich Feinde ohne Zahl ergießen.
Ein'n grausig Kampf ein jeder Truppler ficht,
Lässt endlos Blut bei den Rebellen fließen.

(Die Kampfhandlungen beginnen. Rebellen treten auf.
Viele sterben. Sturmtruppen und Vader treten auf.
Sie gehen ab. R2-D2 und Leia treten auf.
C-3PO ist auf der anderen Seite der Bühne.)

C-3PO
Sprich, R2-D2, wo bist du?

(Leia geht ab.)

R2-D2
Biep miep.

C-3PO
Endlich, wo warst du denn? Mich dünkt, sie kommen
Dieses Weges. Sag, was sollen wir tun?
Mein Schaltkreis überlastet, mein Geist zerstört!
Und Furcht hält meine Drähte fest umfangen.
Sie schicken uns zum Ort, vor dem mir graut,
Die Kessel-Minen, hör und glaub mir doch,
Um dort zu Müll und Schrott gemacht zu werden!

(R2-D2 beginnt abzugehen.)

C-3PO
Gleich, gleich, R2! Bleib hier! Wo gehst du hin?
Jetzt hab Geduld und lass mich nicht zurück.
(beiseite:) Obwohl ich spotte und dich oft auch kränke,
Verende ich, wenn ich an Abschied denke!

(Droiden gehen ab.)

ZWEITE SZENE

An Bord des Rebellenschiffs.
(Darth Vader tritt auf, Rebell 1 im Würgegriff, und Sturmtruppler.)

STURMTRUPPLER

Der Plan des Sterns, er ist nicht hier an Bord,
Auch ist er nicht im Hauptcomputer, Lord.
Kurzum, er ist nicht hier, und damit gut.

VADER

Du redest klar, mein Sturmtruppler, gleichwohl
Nicht schön in meinem Ohr die Nachricht klingt.
So frag ich dich, Rebell, hier. Ja, ich drück
Den Hals dir feste zu. Du hast die Wahl,
Behalt dein Wissen tief in deinem Kopf,
Dein Leben, das du schätzt, ist dann der Preis,
Wenn aber du gestehst, bleibt dir dein Haupt.
Geduld, sie trocknet ganz schnell völlig aus
Wie Sand auf dem Planeten Tatooine.
So sag mir rasch, sonst stirbst du rasch: Wo sind
Die Pläne unsrer Kampfstation versteckt,
Was hast du damit nun getan?

(Vader würgt Rebell 1.)

REBELL 1

Mein Lord,
An Leib und Leben häng ich ganz gewiss!
Doch muss ich sagen, dass ich von nichts weiß,
Von Transmissionen oder andrem! Ahh!
Ein Konsularschiff bloß, mehr sind wir nicht,
Nur Diplomaten bei uns. Ugh!

VADER

Du Narr!
Mit letztem Atem hör mir zu: Wenn dies
Ein Konsularschiff ist, wo steckt dann der
Botschafter?
(Rebell 1 stirbt.)
Commander, geht jetzt schnell!
Zerlegt das Schiff komplett und sucht es ab
Genau, und bringt mir jeden Passagier.
Und wehe Euch, am Leben solln sie sein!
(Sturmtruppler gehen ab.)
So stirbt ein anderer durch meine Hand,
Die Hand, komplett umhüllt von Finsternis.
O wenn die Finger dieser dunklen Hand
Niemals den Schmerz, den ich erlitt, gekannt.
Nun ist mein Pfad mit Dunkel nur verknüpft,
Und nun bin ich umringt von Schergen mit
Nur einem Zweck – zu bringen Tod dem Feind.
Auch meine Finger kennen nur ein Ziel,
Den Weg des Bösen, ja – und diese Hand –
Dem Imperator folgt sie immerfort.
So seht, die Finger bringen sichren Tod
Die Hände schnell so manchen Schicksalsschlag.

(Darth Vader geht ab.)
(Sturmtruppen treten auf, suchend. Leia tritt auf, Blaster in der Hand.)

TRUPPLER 1

Seht, dort ist wer. Die Blaster nur auf Schock!

(Leia schießt, Sturmtruppler 1 stirbt. Sturmtruppen betäuben Leia.)

TRUPPLER 2

Sie wird schon wieder. Informier jetzt schnell
Lord Vader über die Gefangene.

(beiseite:)
Ich freu mich jetzt schon auf Mos Eisleys Drinks,
Wenn Vader gute Arbeit reich belohnt!

(Sturmtruppen gehen mit Leia ab.)
(C-3PO und R2-D2 treten auf, Letzterer betritt eine Rettungskapsel.)

C-3PO
Halt! Der Zugang ist dir nicht gestattet.
Deaktiviert wirst du ganz sicher nun.

R2-D2
Badriip tawüüp Biep wieb biep mieb twieb piep!
Mieb!

C-3PO
Nenn mich bloß nicht erneut ’nen wirren
Philosophen! Nein, tu das nur nicht,
Du kleiner Schmierölklumpen, mieser Wicht,
Du bist ein Eimer voller Müll und Schrott,
Ein stinkend Haufen Banthakot! Nun komm,
Entweiche schnell, dass keiner dich hier sieht.

R2-D2
Tüdelüt dawiet twüüüt bieb bawiep mieb!

C-3PO
Geheime Mission? Und Pläne? Wovon
Sprichst du denn? Freiwillig geh ich nie dort rein.
(Schussgeräusche.)
Das werde ich bereuen. Ganz gewiss!

(C-3PO tritt in die Rettungskapsel.)

R2-D2

Zwar ist der Güldne mir ein Freund, fürwahr,
Doch wünscht ich, seine Zunge wäre still!
Ein'n Wicht, so nennt er mich? Ich zahl's ihm heim
Und spiele mit ihm noch manch lust'gen Streich,
Dem aufgeblasenen C-3PO!
Doch nicht mit Worten will ich all das tun:
Ganz gleich, ob Mensch oder ob auch Maschine,
Ich geb nur wahllos Bieps und Mieps von mir,
Damit sie mich für simpel halten, doch
Obwohl ich spreche nur mit schrägem Klang,
Sehr klar ist mir die Rolle, die ich spiel,
Und wie die Rebellion gelingen wird:
Mit Witz und Weisheit des Droiden klein.

(R2-D2 geht in die Fluchtkapsel.)

CHOR

Zur Kapsel die Droiden sich begeben,
Die kurz darauf mit Schwung das Schiff verlässt.
Der Oberfläche jagt sie schnell entgegen,
Wo die Besatzung sie sodann entlässt.

(Pilot und Captain treten auf.)

PILOT

Da fliegt noch eine los.

CAPTAIN

Halt, stoppt das Feuer!
Ganz sicher weilt dort keine Lebensform.
Und wahrlich sag: Wie groß ist wohl die Chance,
Dass in der Kapsel dort ein Leben steckt?
Rebellen sind nicht listig und nicht kühn.
Sie stecken nicht die Pläne dort hinein.
Da setz ich, wenn ich muss, mein Leben drauf!

Ende gut, alles gut, so sagt man doch,
Der Kapsel Weiterflug, er sei erlaubt.

(Pilot und Captain gehen ab.)
(Droiden treten auf, beiseite in der Rettungskapsel.)

C-3PO

Das ist ein Scherz – ja ganz gewiss ein Streich,
Denn R2-D2, von hier draußen scheint
Der Schaden gar nicht mal so schlimm zu sein.
Versprichst du, dass das sicher ist?

R2-D2

Biep.

C-3PO

Oh!

(Sie gehen ab.)

DRITTE SZENE

An Bord des Rebellenschiffs.
(Vader und Sturmtruppen treten auf mit Leia.)

LEIA

Darth Vader, ihr seid einzig dreist genug!
Sobald mein Schiff ward festgesetzt, war klar,
Zivile Ziele ihr nur attackiert.
Gebilligt wird es nicht von dem Senat,
Wenn er erfährt, dass Ihr ein Schiff angreift
Auf diplomatischer Miss…

VADER

Hoheit, still!
Gebt Euch nicht so erstaunt. Ihr wisst zu gut,
Ein Gnadeneinsatz war es diesmal nicht.
Dass euer freundlich Antlitz kaum verbirgt
Ein Herz mit Umsturzplänen tief im Kern.
So manche Botschaft ward zu euch gesandt –
Zu diesem Schiffe – von Rebellenhand.
Ich will jetzt wissen, wo die Pläne sind!
Und wenn Ihr mich belügt, lügt Ihr nie mehr,
Schon manchen Hals hat meine Hand zerquetscht.

LEIA

Bedeutungslos ist dieser Satz für mich.
Ganz gleich, ob Hals, ob Mund – ich habe nicht
Das Wissen, Euch zu sagen, was Ihr wollt.
So lasst mich deutlich sein: Es ist gewiss,
Dass ich nichts weiß von dem, was Ihr mich fragt.
Denn ich bin bloß ein Mitglied des Senats
Und somit auf dem Weg nach Alderaan
Als Diplomat gesandt …

VADER

Schweigt still, Ihr lügt!
Denn Ihr gehört zu dieser Allianz,
Zu den Verrätern! Bringt dies Weib hier fort!
(Sturmtruppen gehen mit Leia ab.)
Das Feuer in mir lodert lichterloh,
Wenn ich Verrat und Lüge hören muss.

(Commander tritt auf.)

COMMANDER

Sie festzuhalten birgt Gefahr, mein Lord.
Wird das bekannt, dann steigt die Sympathie
Der Senatoren für die Rebellion.

So schwächt die Schurkin allzu abgefeimt
Den Zugriff, den wir haben auf das All.
Wie meine Mutter einstmals mir erzählt
Von einem Herrscher, der sein Reich verlor,
Als miese Ugnaughts stießen ihn vom Thron.
So sprach die Mutter zu mir wie nun ich:
Fataler Hieb stammt oft von kleiner Faust,
Für große Bäume reicht die kleinste Axt.

VADER

Commander, halt, nun sorgt Euch nicht zu viel
Um solch Geschwätz. Enthüllt wird der Verrat
Prinzessin Leias, wenn alles ist getan.
Im Bunde ist sie mit der Rebellion.
Und nun ist sie für uns die einz'ge Spur
Zur Basis gut versteckt.

COMMANDER

Ich wette, sie
Verrät den Stützpunkt nie.

VADER

Wir werden sehn.
Nun macht euch auf den Weg mit dieser Pflicht:
Verschickt ein Notsignal und meldet dem
Senat, dass alle tot sind hier an Bord.
So soll die Rolle, die wir spieln in diesem
Stück verborgen bleiben der Galaxis.

(Captain tritt auf.)

CAPTAIN

Lord Vader, leider ist das hier der Stand:
Kein Plan befindet sich auf diesem Schiff,
Und eine Übertragung gab es nicht.
Nur eine Rettungskapsel löste sich,

Doch ohne eine Lebensform an Bord.
Ein seltsam Zufall muss das sicher sein.

VADER
O nein! An Zufall glaubte ich noch nie.
Gewiss hat sie die Pläne dort versteckt.

CAPTAIN
Wie konnt Sie mich so hinters Licht nur führn?
Versteckt in dieser Kapsel! O wie schlau!

VADER
Nun schweiget still und lauschet meinem Wort:
Sucht rasch ein kampfstarkes Kommando aus
Und bringt die Pläne her. Commander, los!
Das soll erledigt sein, so schnell es geht,
Damit die Rebellion vorm Ende steht!

(Sie gehen ab.)

VIERTE SZENE

Der Wüstenplanet Tatooine.

CHOR
Werte Betrachter, fortfährt unser Stück
In einer Welt voll Hitze, Sand und Dün'n.
Lenkt auf viel Sand und Kargheit euren Blick.
Die Szene eilt blitzschnell nach Tatooine.

(C-3PO und R2-D2 treten auf.)

C-3PO
Fürwahr, dies Chaos setzt mir mächtig zu.
Und ich weiß wirklich nicht, wie's dazu kam.

Selbst tausend Tauntauns Därme könnten nicht
Erschaffen einen schlimmren, fiesren Ort.
Oje, wir zwei sind für das Leid gemacht.
Weh mir, R2, das ist wohl unser Los.
Der Sprachen sechs Millionen spreche ich,
Doch keine davon nutzt mir jetzt.

R2-D2

Twa-wiiieep.

C-3PO

Nun muss ich ruhn, bevor ich ganz erstarr,
Stocksteif sind die Gelenke! So wie Stein!
Es fühlt sich an, als wär der sichre Tod
Bereits ganz tief in meinem Schaltkreis drin.
O welch ein trostloser Planet das ist!

(R2-D2 entfernt sich.)

R2-D2

Biep biep wieb twüüp fiep piep biep miep da-wiiieb.
Miep biep!

C-3PO

Wo gehst du denn nun wieder hin?

R2-D2

(beiseite:) Nun werd ich ihn verlassen, wenngleich kurz,
Vielleicht lehrt ihn die Zeit der Einsamkeit
Bescheidenheit und Demut – Güte auch!

C-3PO

Ich werde dir nicht folgen, dass du's weißt!
Es ist zu felsig. Kannst du das nicht sehn?
Nein, wahrlich, wie man offensichtlich sieht,
Bist du von dieser Hitze hier ganz wirr

Im sonst so klugen Kopf. Nun sieh es ein:
Der Weg hier hoch ist besser doch. Wieso
Denkst du, dass Siedlungen dort hinten sind?

R2-D2

Tü-wüüüp.

C-3PO

Komm nicht mit technischen Details,
Sonst kriegst du, glaub mir, schnell 'nen festen Tritt
Von meinem stets bereiten güldnen Fuß.

R2-D2

Biep biep badriip

C-3PO

Was meinst du mit Mission?

R2-D2

Puh wieeep!

C-3PO

Noch mehr ertrag ich nicht von dir.
Dann geh doch fort! Du gehst kaputt, bevor
Der Tag sich neigt, du blinder Haufen Schrott!
Nun darfst du gerne deiner Wege ziehn,
Denn die Mission liegt in des Sarlaccs Loch!
Dann wird dir endlich klar, so hoffe ich,
Die Pein, die ich mit dir erdulden muss!
Und geh mir bloß nicht nach, du tumber Tor,
Lass mich allein – schick keinen Hilferuf,
Denn dieser findet bei mir kein Gehör.

R2-D2

Bipp biep miep biep tiiiwüüp badriip ta-wiiep.

C-3PO

Genug der Abenteuer! Ich geh nicht
mit dir, du kleine, wirre Fehlfunktion!
(R2-D2 geht ab.)
Die Schuld ist sein. Er hat mich nur genarrt,
Dass ich ihm folge hier auf seinem Weg.
O Götter ihr, wieso war ich erneut
So barsch mit R2? So ist er nun fort.
Ich hoff, er weiß, wie sehr mir an ihm liegt,
Auch wenn ich häufig herzlos zu ihm bin.
Manch Wort im Zorn betrügt mein bessres Ich,
Wenn scharf sich äußert des Droiden Wut.
Fürs Protokoll bin ich gemacht. Drum müsst
Ich wählen mit Bedacht und Sorgfalt auch
Ein jedes Wort, das meinen Mund verlässt.
Doch Worte Weh und Wohl sind stets zugleich.
Und doch – wiewohl ich jetzt allein sein mag
Und hilflos hier im stummen Meer aus Sand,
Ist dies Wort wahr, wenn Wort je Wahrheit war:
Verloren wär ich, sollt ich ihn verliern.
Doch halt, was kommt? Ein Fahrzeug! Rettung naht!
Hier, Achtung, hier! Ach, hallo, ach! Nun helft!

(C-3PO geht ab.)

CHOR

Ein Fahrzeug kriecht behäbig durch den Sand.
C-3PO steckt drinnen voller Not!
Von R2-D2 ist nicht viel bekannt,
Ist seine wichtige Mission bedroht?

(R2-D2 tritt auf und Jawas, versteckt.)

R2-D2

Biep wieb biep biep biep miep.

JAWA 1

Peska bahman.
Te peska bahman. Fuligiliha!

R2-D2

Biep biep miep biep tü-wiiieb! Bie…

(Jawas lähmen R2-D2. Er stürzt.)

JAWA 2

Utinni!

(Jawas tragen R2-D2 in den Transporter.)

CHOR

Mit Fantasie vor eurem Aug entsteht
Ein Chaos! Wesen aus Metall erscheinen.
Und mittendrin in der Gesellschaft, seht,
Voll Freude sich die Freunde jetzt vereinen.

(Andere Droiden und C-3PO treten auf.)

C-3PO

Mein R2? R2-D2, oh, du bist's!

R2-D2

Biep biep biep wieb miep biep miep biep wieb-whie!

(Sie gehen ab.)

FÜNFTE SZENE

Der Wüstenplanet Tatooine.

(Sturmtruppler 3 und 4 treten auf.)

TRUPPLER 3

Da war tatsächlich jemand innendrin.
Die Spur führt fort in diese Richtung dort.

TRUPPLER 4

Seht hierher, da ist eine Spur im Sand,
Und dieser dünne Ring ganz deutlich zeigt,
Dass hier Droiden sind auf Tatooine!

(Sturmtruppler gehen ab.)
(Jawas mit Droiden treten auf, darunter C-3PO und R2-D2.)

C-3PO

Jetzt hält dies Höllenfahrzeug endlich an!
Ich fürcht mich nur vor dem, was jetzt passiert
Ich spür das Zittern ganz tief in mir drin.
Man sagt, dass Furcht geteilt ist nicht so schlimm,
Als wenn allein man sie ertragen muss.
So weck ich ihn ganz rasch. Nun komm, R2.
Wach auf, wach auf!

R2-D2

Biep miep biep wieb miep biep.

C-3PO
O Schreck! Weh mir, sie machen aus uns Schrott!

JAWA 1
Me punna tynda ding. Utinni! Beh!

C-3PO
Halt ein! O gibt's kein Ende dieser Pein?
Gefangen von den Jawas, fies und klein,
Erwartend nun ein Schicksal unbekannt.
Da nehm ich vorlieb mit dem ersten Los.
Das Übel, das ich kenn, zieh ich doch vor
Der Ungewissheit, die da lauern mag.

(Owen und Luke treten auf, mit Beru in der Lars-Heimstätte.)

OWEN
Wohlan, lass uns jetzt gehn!

BERU
O Luke! O Luke!
Sag deinem Oheim, dass er Ausschau hält.
Ein Dolmetscher soll's sein, der Bocce spricht.
(beiseite:) Das letzte Mal, als Owen ging zum Markt,
Erwarb er einen, der zu gar nichts taugt.

LUKE
Mich dünkt, wir haben keine große Wahl.
Doch geb ich ihm die Mahnung auf den Weg.

(Beru geht ab in die Lars-Heimstätte.)

OWEN
Erneut ist es an mir, dem jungen Bursch
In ernstem Spiel die Leitfigur zu sein.
Einen Droiden finden, der was taugt,

Aber auch lehren diesem Knaben Luke,
Wie man erwachsen und zum Manne wird.
Genau wie er einst hegte ich den Traum
Von der Galaxis und manch fernem Stern,
Doch lernte ich die Arbeit auf dem Land,
Und ebenso wird es auch bei ihm sein,
Bei meinem teuren, adoptierten Sohn.
Das Schicksal bat ich nicht um solch ein Los.
Ich dacht, ein Erbe bliebe mir versagt.
Doch sind Beru und ich ihm zugetan,
Die Liebe, die wir spürn, bringt uns zugleich
Die Bürde der Verantwortung für ihn.
(zu Jawa 2:) Nun, Jawa, sag mir schnell, was hältst du feil?

JAWA 2
Me punna tynda ding.

OWEN
Nein, dieser nicht.
(beiseite:) Die Jawas zeigen immer erst den Schrott,
Das Schwindeln ist ein Teil ihrer Natur.
(zu C-3PO:) Ich nehme an, du bist wohl programmiert
Für Etikette und fürs Protokoll?

C-3PO
Ja, Protokoll ist meine Hauptfunktion!
Ich bin versiert in den Gebräuchen, Sir.

OWEN
Fürs Protokoll hab ich keinen Bedarf.

C-3PO
Nicht hier auf dieser Welt, das ist wohl wahr:
Hat je der Sand des Protokolls bedurft?
Wofür braucht Anstand denn ein stiller Stein?
Natürlich bin ich auch gemacht …

OWEN

Still! Schweig!
Ich brauch jemanden, der die Sprache kennt
Der Feuchtigkeitsvaporatoren.

C-3PO

Sir!
Ich programmierte einst binären Code
Für einen Ladungsheber ähnlich wie
Ein Vaporator in so manchem Punkt.
(beiseite:) Ich überzeug ihn nun von meinem Wert,
Und wenn ich tausend Stunden sprechen muss.
Denn lieber such ich mir den sichren Tod,
Als weiter in Gefangenschaft zu sein.

OWEN

Nun. Sprichst du Bocce?

C-3PO

Fürwahr, Sir! Das ist
Mir so wie eine zweite Haut.

OWEN

Halt ein!
(zu den Jawas:) Ich nehme den hier.

C-3PO

(beiseite:) Gelobt sei der Tag!
Wenn er jetzt auch noch meinen R2 nimmt,
Werd ich zufrieden sein.

JAWA 1

Mabbin beh!

OWEN

Luke!
Bring die Droiden rasch zu uns nach Haus.
Ich will sie sauber vor dem Nachtmahl sehn.

LUKE

Aber zur Tosche-Station wollte ich,
Um Energiewandler zu holen. Mist!

OWEN

Triff deine Freunde dann ein andres Mal,
Wenn du die Pflicht erfüllet hast. Nun los!

LUKE

(beiseite:) O ich vernehm bereits der Freunde Hohn,
Die Schmähung, wenn zu ihren Ohren dringt,
Dass wieder mal mein Oheim nicht gewährt
Den Herzenswunsch, mit ihnen dort zu sein.
(zu Owen:) Nun gut. *(zu den Droiden:)* Komm schnell!
⌊Du ebenso.

R5-D4

Biep.

LUKE

Los!

R2-D2

Biep miep biep twüüp fiep miep wiep biep da-wieb!
(beiseite:) Wenn ich nicht mitdarf, war's viel Lärm um nichts,
Doch meine Hoffnung setz ich auf mein Biep.

JAWA 2

Bwana beh!

R2-D2

Ahh!

(R5-D4 fängt an zu rauchen und bricht zusammen.)

LUKE

Da, Oheim Owen, sieh!
Diese R2-Einheit hier ist defekt,
Der Antrieb ist bereits entflammt!

OWEN

Du Schuft!
Das ist der Gipfel gierigen Betrugs!
Wie du uns kränkst mit solcher Gaunerei!
Ich reiß in Fetzen dir dein Lumpenkleid,
Wenn du den Schaden nicht sogleich behebst.
Nun sprich!

JAWA 1

Me punna tynda ding.

R2-D2

Biep miep!

C-3PO

(zu Luke:) Verzeihung, Sir. Die R2-Einheit dort
In wirklich allerbestem Zustand ist.
Ein Schnäppchen wohl, und dienen wird er gut.
(beiseite:) Wenn ich ihn jetzt noch überzeugen kann,
R2 und mich zusammen zu erstehn,
Dann stünd ich da als Held! Und ewig wird
Der kleine R2-D2 dankbar sein.
Was wird er sagen?

LUKE

Oheim Owen, sprecht!
Habt Ihr erwogen jenen Blauen dort?

OWEN

Gebt mir den Blauen. Der soll es nun sein.

C-3PO

(beiseite:) Geschafft! Ich preis ihn jetzt ob seiner Wahl.
(zu Luke:) Ein ganz und gar vortrefflicher Entschluss.
Der Neue ist ganz sicher ein Gewinn.
Mit Überzeugung kann ich sagen, dass
In allerbestem Zustand er wohl ist,
Denn ich hab schon mit ihm gearbeitet.

R2-D2

Biep miep dawiep.

LUKE

Wohlan, lasst uns nun gehn.

(Luke, Owen, Jawas und Droiden gehen ab.)

C-3PO

Ich hoffe, du vergisst das niemals mir!
Wieso ich meinen Hals für dich riskier,
Ist mehr, als mein Verstand erfassen kann.

(Sie gehen ab.)

SECHSTE SZENE

Im Inneren der Lars-Heimstätte.
(Luke, C-3PO und R2-D2 treten auf.)

C-3PO

Gedankt sei dem Erbauer, o fürwahr,
Dies Ölbad mir verdiente Labsal ist.
Coruscants helles Licht ist kein Vergleich
Zur wohlig schönen Wärme dieses Öls.
Ich war so stark beschmutzt von all dem Staub,
In jeder Ritze saß er tief und fest
Und hat im Keim Bewegung mir erstickt.

LUKE

O wär ich bloß niemals hierher gelangt,
Du karger Fels, dein Nam' ist Tatooine.
Doch habe ich für Klage wirklich Grund?
Ein Sandsturm trifft verheerend Arm und Reich.
Wer hat gesagt, das Leben wäre fair?
Doch reich und arm bin wahrlich ich zugleich:
Denn reich an Mühen bin ich ganz gewiss,
Sowie an Abenteuern arm ich bin.
Egal wie reich oder auch arm ich bin,
Das Los des Schicksals ist höchst ungerecht!
Kamerad Biggs vermutet wohl ganz recht,
Dass dieser Ort mir eine Falle ist!

C-3PO

(beiseite:) Ein Ausruf voller Tragik! Doch was nun?
(zu Luke:) Kann ich euch irgendwie behilflich sein?

LUKE

Nur wenn du ändern kannst den Lauf der Zeit,
Die Ernte rasch zur Reife bringst, oder
Mich ganz weit weg von diesem Stern hier schickst
Mit einem unbekannten Zaubertrick.

C-3PO

Es tut mir leid, so etwas kann ich nicht,
Hab keine Kenntnis davon, so wie Ihr.
Bei meiner Treu, ich wünscht, ich könnt das tun.
Weiß nicht einmal, wo dieser Stern hier liegt.

LUKE

Wenn dieses All ein helles Zentrum hat,
Dann, werter Freund, ist eines ganz gewiss,
Bist du wohl hier am weitesten entfernt.

C-3PO

Aha, Sir.

LUKE

Nicht Sir, nenn einfach mich nur Luke.

C-3PO

Sehr wohl, Sir Luke.

LUKE

Du lust'ger Kerl, nur Luke.
(beiseite:) Mich dünkt, er neigt zu unnützem Geschwätz,
Sein Mund ist vielfach schneller als sein Geist.
(Luke beginnt R2-D2 zu reinigen.)

C-3PO

C-3PO bin ich, spezialisiert
Auf Mensch-Maschine-Kommunikation.
Und R2-D2 stets an meiner Seit.

LUKE

Hallo.

R2-D2

Biep miep.

LUKE

Du bist total verschmiert,
Anscheinend ist dir Unbill gar nicht fremd.
Ja, könnte es denn wirklich sein, dass zwei
Droiden, einfach so wie ihr, mehr als
Ein Mann an Abenteuern haben erlebt.

C-3PO

Bei dem, was wir erlebt, bin ich erstaunt,
Dass in so gutem Zustand wir noch sind.
Trotz Rebellion und all dem Drumherum.

LUKE

Nein, kann das sein? Von dem, was du erwähnst,
Wüsst ich gern mehr. Was ist Euch bloß passiert?
Sprich, meintest du die Rebellion und das
Imperium?

C-3PO

Natürlich, denn dadurch
Sind wir doch erst gelangt an diesen Ort.
Versteht Ihr, was ich damit meine, Sir?
(beiseite:) Sein Antlitz ist in Eifer nun entflammt,
O niemals hab ich Ähnliches gesehn.
Ein Mann, der so berauscht von einem Traum!

LUKE

Und hast du manch Gefecht gesehen? Sprich!
Egal, welch Häppchen du mir auch servierst,
Es wird ein Schmaus sein für mein darbend Ohr;
Egal ob Niederlage oder Sieg,
Jeder Bericht stillt meiner Seele Durst!

C-3PO

So manch Gefecht, ja, Sir. Doch fürchte ich,
Dass ich den Hunger doch nicht stillen kann.
Bereiten kann ich euch kein groß Bankett,
Für solch Menü hab ich gar kein Rezept.
Denn leider muss ich Euch gestehn, dass ich
Bloß Übersetzer bin und daher mich
Nicht eigne für Geschichten dieser Art,
Um sie zu würzen, fehlt mir doch das Salz.

LUKE

So werd ich hungern müssen wohl, bis dann
An anderen Berichten ich mich laben kann.
(zu R2-D2:) Mein kleiner Freund, da steckt was in dir drin.
Habt einen Kreuzer Ihr auch schon gesehn?

(Leia tritt in einer Projektion von R2-D2 auf.)

LEIA

O helft mir, Obi-Wan Kenobi, helft.
Ich bin in großer Not.

LUKE

Sagt, was ist das?

R2-D2

Miep?

C-3PO

Was ist was? Das ist die Frage hier!
Sag, was ist das?

LEIA

O helft mir, Obi-Wan
Kenobi, helft. Ich bin in großer Not.
O helft mir, Obi-Wan Kenobi, helft.
Ich bin in großer Not.

R2-D2

Biep miep miep huu.
Miep biep daa-wieb.

C-3PO

Er sagt, das sei nichts, Sir.
Nur eine Fehlfunktion, nur Datenschrott.
Merkt nicht darauf.

LUKE

Doch wer ist sie? Denn sie
Ist weitaus schöner als der schönste Stern.

C-3PO

Ich weiß es wirklich nicht, doch hört, vielleicht
War sie auf unsrer letzten Fahrt dabei.
Von hohem Rang ist sie, so scheint es mir.
(beiseite:) Erst Abenteuer, nun ist es die Maid.
Gewiss ist Master Luke unendlich reich
An Leidenschaft, die ihre Bahn sich bricht.

LUKE

Sag, gibt es von der Nachricht da noch mehr?

R2-D2

Ta-wieb!

C-3PO

Benimm dich bloß, R2! Denn du
Machst immer Ärger nur. Jetzt gib schon Ruh,
Vertraue ihm. Denn er ist unser Herr.

R2-D2

Ba-dieb miep biep fieb twiep ta-diep miep biep.

C-3PO

Er sagt, dass er gehört zu Obi-Wan
Kenobi, der nicht wohnt weit weg von hier.
Die Botschaft ist allein für ihn bestimmt.
Ich weiß tatsächlich nicht, was er nun meint,
Denn unser letzter Herr Antilles hieß.
Doch nach der Unbill wundert es mich nicht,
Dass R2-D2 nun so seltsam ist.

R2-D2
Miep.

LUKE
Obi-Wan Kenobi – Kann es sein,
Dass er den alten Ben Kenobi meint?
Droiden erst, dann eine wilde Schlacht,
Nun eine Maid, die in ’nem Lichtstrahl fleht!
Ertönte lauter je des Schicksals Ruf?

C-3PO
Verzeiht mir bitte, Sir, doch wisst Ihr denn,
Von wem er spricht?

LUKE
Niemanden kenne ich,
Der Obi-Wan Kenobi heißt, doch Ben,
Der hauset ganz allein jenseits der Dünen
weit entfernt. Ein …

LEIA
O helft mir, Obi-Wan
Kenobi, helft.

LUKE
Ich frag mich, wer sie ist.
Egal, wer sie auch sein mag. Was immer
Ihr Begehr ist, ich folge ihrem Ruf!
Wär sie bloß meine Schwester, gäb es nichts
Das schwerer wiegt als diese heil’ge Pflicht.
Es scheint, dass sie in Schwierigkeiten steckt,
Nun sollten wir die ganze Nachricht hörn.

R2-D2
Miep huu da-wiep fieb wieb.

C-3PO

R2 merkt an,
Dass er im Innern einen Kurzschluss hat,
der nun sein Aufnahmesystem blockiert.
Wenn hurtig diesen Bolzen ihr entfernt,
Bringt das die ganze Botschaft gleich hervor.
(beiseite:) O, welchen Dienst kann ich dem Manne tun?
Soll ich ermutigen, beraten, führn?
So spiel ich Übersetzer voll Verstand,
Die Rolle steht mir bestens zu Gesicht.

LUKE

Du scheinst zu klein für eine kühne Flucht,
Mach ich das los. Droide brav und klein,
Der pfiffig mir der Nachricht Teil gezeigt
Und mein Vertrau'n erlangt. Nun bist du frei.
(Leia geht aus dem Strahl ab.)
Doch halt, wo ist sie hin? Welch Schurkerei!
Warum hast du das himmlisch Licht gedimmt,
In dem sie grad noch war? Bring sie zurück,
Spiel ab die Nachricht ganz, du freches Ding!

R2-D2

Miep-twieb?

C-3PO

Welch Nachricht, fragst du noch? Es geht
Um jene, die du aufbewahrst tief drin
In deinem rost'gen Bauch. *(beiseite:)* Oh, ach! Man wird
Uns deaktivieren!

BERU

(von drinnen:) O Luke? Komm, Luke?

LUKE

Ich komme gleich geschwind, Muhme Beru!

C-3PO

Verzeiht mir, Sir. Es scheint, als wäre er
Von flatterhaftem Wesen.

LUKE

Da kommt sie!
Und da geht sie. Doch hab ihr Antlitz zart
Ich ewig in Erinnerung. Und hört
Dies ist mein Schwur: Ich werd sie wiedersehn,
Im Lichtstrahl, oder dann auch Aug in Aug.
Doch nun muss ich zum Nachtmahl gehn. Prüf du,
Ob du kannst reparieren den R2.
(Luke geht ab.)

R2-D2

Huu.

C-3PO

Überdenke nun, ob du nicht doch
Noch mal die Botschaft zeigst.

R2-D2

Biep miep huu-whie?

C-3PO

Nein, ich bezweifle sehr, dass er dich mag.

R2-D2

Biep-wiep?

C-3PO

Nein, leiden kann auch ich dich nicht.

R2-D2

Huu.
(C-3PO geht ab.)
Nun sind die Teile vor mir arrangiert
Zum kühnen Fluchtversuch von diesem Ort.
Der Tor, der in Bewegung setzt dies Spiel,
Nichts weiter für C-3PO und Luke
Wird sein als ein naiver, kleiner Schelm.
Doch merket auf, was R2-D2 sagt:
Mein edles Ziel wird tunlichst jetzt erreicht,
Dass Obi-Wan die Nachricht bald erhält,
Und zwar mit Hilfe unsres Masters Luke,
Denn für den Fortgang ist ganz wesentlich,
Dass diese Männer sich zusammentun.
Für töricht mögt Ihr halten meine Flucht,
Doch töricht ist nur der, der nicht versucht.
(R2-D2 geht ab.)

SIEBTE SZENE

Im Inneren der Lars-Heimstätte.
(Owen, Beru und Luke treten auf, am Tisch essend.)

LUKE

Mein Oheim, leiht das Ohr mir, denn mich dünkt,
Dass die R2-Einheit gestohlen ist.

OWEN

Ja, Diebstahl war doch stets ein fester Teil
Der Art und Weise, wie die Jawas sind.
Doch ahne ich in deinen Worten mehr,
So sprich, mein Luke, wie kommst du denn darauf?

LUKE

Mein Oheim, gut kenn ich der Jawas Tricks,
Doch du hast recht, wie stets. Da ist noch mehr.
Die Zeit mit den Droiden hat gezeigt,
Für die Entwendung gibt es einen Grund:
Zum Vorschein eine Botschaft kam, als ich
Geputzt die R2-Einheit richtig blank.
Er sagt, er sei das Gut von einem Mann,
Der Obi-Wan Kenobi heißt. Daher
Sind die Droiden sicher Diebesgut.
Bei diesem Namen kam mir die Idee,
Vielleicht sprach er von Ben. Ergibt das Sinn?

OWEN

O nein.

LUKE

Doch frag ich mich, ob Obi-Wan
Vielleicht verwandt ist mit dem alten Ben.

OWEN

(beiseite:) O Graus! Sucht dieser Mann mich wieder heim?
(zu Luke:) Der Zaub'rer ist ein hundsgemeiner Kerl.
Schon morgen nimmst du den Droiden mit
Nach Anchorhead und lässt den Speicher leern.
Damit dies Spiel ein Ende hat, denn der
Droide ist jetzt unser Eigentum.

LUKE

Doch was, wenn dieser Obi-Wan sich zeigt
Und seinen Anspruch auf R2 erhebt?
Was man ihm stahl, es ist vielleicht von Wert.

OWEN

Gefunden werden kann nur, was man sucht.
Ich denke, diesen Mann, es gibt ihn nicht.
(beiseite:) Mit Lug und Trug vernichte ich den Mann,
Damit er nicht in Lukes Gemüt auflebt.
Zu eifrig ist des Knaben Fantasie.
(zu Luke:) Der Obi-Wan ward lange schon nicht mehr
In dieser Welt gesehn: Er ist wohl tot.
Vor vielen Jahren schon ist es geschehn.
Tatsächlich hat sein Ende ihn ereilt
In längst vergangner, ferner Kriegeszeit,
Als mancher Mann focht, bis er fand sein Grab,
Noch vor der Herrschaft des Imperiums.
Das war die Zeit, in der dein Vater starb.

LUKE

Kannt' meinen Vater er?

OWEN

(beiseite:) Erzähl ich zwar
Vom Krieg und mancher Schlacht, hört er doch nur,
Dass »Vater« ich gesagt. *(zu Luke:)* Ach, Luke, lass ruhn.
Bereite du diese Droiden vor,
Ganz früh solln sie im Süden auf den Kamm
Zur Arbeit mit den Kondensatoren.

LUKE

Das will ich tun. Ich denke auch, die zwei
Sind nützlich wohl. Indes, mein Oheim, nun
Muss ich gestehen, dass ich oft nachgedacht,
Was wir besprochen einst und abgemacht.
Kurzum: Die Ernte wächst auch ohne mich!
Wenn die Doiden gute Arbeit tun,
Will ich bewerben mich sogleich bei der
Akademie. Mein Oheim, lasst mich gehen.

OWEN
O Luke, so bricht deines Oheims Herz entzwei!
Meinst du jetzt gleich, noch vor der Erntezeit?

LUKE
Genau! Da die Doiden hilfreich sind.

OWEN
Doch brauch ich dich am meisten dann!
Lass mich veröden in der Ödnis nicht.
Bleib nur die Ernte noch. Damit ich dann
Mit dem Ertrag mir Hilfe holen kann.
Geh nächstes Jahr doch zur Akademie.
Pilot zu sein ist edel als Beruf.
Doch ist Familienbande edler noch,
Hör meine Worte, bleibe noch bei uns.
Wir brauchen hier zur Ernte dich, o Luke.

LUKE
Ein volles Jahr noch!

OWEN
Eine Ernte nur!

LUKE
So sprachst du, Oheim, damals schon zu mir,
Als Biggs und Tank verließen diesen Ort.
So bricht ein tapfres Herz, da durch das Land
Ein lang gehegter Traum begraben wird.
So lernt der Vogel doch das Fliegen nie,
Wenn Wurzeln fest am Boden ihn behalten.

BERU
Sag Luke, wo fliehst du hin?

LUKE

So, wie es scheint,
Werd ich nicht fliegen, segeln oder fliehn.
Ich muss wohl bleiben, meine Pflicht erfülln.
(Luke geht ab.)

BERU

O Owen, ewig kann er hier nicht sein.
Du weißt, die Freunde sind fast alle weg.
Sehr viel bedeutet es dem lieben Luke.
Der Vogel will entfliehn.

OWEN

Ich geb mein Wort
Ich setz die Dinge bald ins rechte Lot.
Der Vogel wird fliegen, es kommt die Zeit,
Wenn er vom Nest wird endlich dann befreit

BERU

Hör, Owen, er hat nicht des Farmers Herz,
Der Apfel fiel recht nah an Vaters Stamm.

OWEN

Wie wahr! Und das vergrößert meine Furcht.

(Owen und Beru gehen ab.)
(Luke tritt wieder auf, starrt in den Untergang der beiden Sonnen von Tatooine.)

LUKE

Weh mir, ich bin des Glückes Narr. Wie wahr,
Und schweift mein Blick hinauf zum Sonnenpaar
Der Heimat Tatooine, weiß ich genau,
Dass anderswo mein Schicksal liegt, nicht hier.
Auch wenn mein Oheim will, dass ich hier bin,
So birst bei dem Gedanken mir das Herz,

Denn bei den Sphären dort wünscht ich zu sein,
Der Kampf der Rebellion erregt mein Blut.
Wie sagte schon mein Weggefährte Biggs:
Ich glaub, das ganze All ist nur ein Stern,
Drum flieg ich bis zum Licht, das leuchtet fern!
(Luke geht ab.)

ZWEITER
AUFZUG

ERSTE SZENE

Im Inneren der Lars-Heimstätte.
(C-3PO tritt auf.)

C-3PO

O weh! Mein R2-D2 ist nun fort,
Piept unverdrossen weiter vor sich hin
Über die Rebellion und ihren Kampf.
O weh, in welchem Maß werd ich bestraft
Wenn R2s Fahnenflucht zutage tritt!
Also versteck ich mich hinter dem Schiff
Und hoffe, Master Luke findet mich nicht.

(C-3PO versteckt sich.)
(Luke tritt auf.)

LUKE

C-3PO, nun sprich, was tust du hier?
Welch Spiel spielst du, du lust'ger, güldner Kerl?

(C-3PO tritt hervor.)

C-3PO

Ich bitt Euch, Sir, werft mir all das nicht vor.
Es ist nicht meine Schuld, das schwöre ich!
Lasst mich nur bitte nicht deaktiviern.
Ich warnte ihn, ganz klar, und fleht' ihn an.
Mit reichlich Seufzern gar beschwor ich ihn,
Mit einem eindringlichen Plädoyer,
Doch all mein Flehn fand bei ihm kein Gehör.
Seine Ventile sind wohl ganz verstopft,
Und so kein Wort von mir drang zu ihm durch

Und fand somit auch keinen Niederschlag!
Ich fürchte, es ist eine Fehlfunktion.
Mein teurer und geschätzter kleiner Kerl.

LUKE

O nein! Das kann nicht sein, du redest wirr.

C-3PO

Leider ist's so! Er kennt jetzt nur ein Ziel,
So sagte er voller Entschlossenheit,
Und firm im Starrsinn weiterhin er blieb.

CHOR

Die Worte hörend rennt der junge Luke hinaus,
Obwohl die Hoffung ihn bereits verlassen.
Im Sonnenuntergang liegt schon das Haus,
Er wird sich morgen mit der Such befassen.

C-3PO

Schon immer war diese R2-Einheit
Ein groß' Problem, dass oft mir Ärger bracht.
Stets haben Astromechdroiden mich
Erstaunt. Gewaltig ihre Launen sind,
Unpassend zur geringen Größe.

LUKE

Pfui!
Wie einfach fiel ich doch auf ihn herein?
Sein größtes Kunststück hat er so vollbracht:
Entschwunden ist er – aufgelöst in Luft!
Verdammich! Ja, und pfui und Flüche auch!

C-3PO

(beiseite:) Er ist erzürnt. Seid friedlich, Master Luke!
(zu Luke:) Mein Herr, nicht drängen will ich Euch, doch wär's
Nicht gut, ihn heute noch zu suchen?

LUKE

Nein!
Die Nacht ist finster von Gefahren voll,
Die Tusken-Räuber sind gar finstrer noch,
Am finstersten ist ihre Schurkerei.
So wie das Dunkel wartet auf das Licht,
Verharren wir, bis bald der Morgen bricht.

OWEN

(drinnen:) O Luke, komm hierher! Hurtig eil herein!
Wir fahrn herunter gleich die Energie.

LUKE

Sogleich, mein Oheim! Ich bin schleunigst drin!
(zu C-3PO:) Bald spüren werd ich meines Oheims Zorn.
So wird R2, obschon weit fort von hier,
Verwüstung bringen meiner armen Seel.

C-3PO

Ja, es ist wahr. Obschon beim Dienst geschickt
Und bei der Arbeit zuverlässig, gut,
Ist er noch besser, wenn er Ärger macht.

(Luke und C-3PO ziehen sich für die Nacht zurück.)

CHOR

Die Nacht zieht unruhig, schlaflos sich dahin,
Luke denkt an Strafe, die ihm wohl bald droht.
Die Suche geht ihm dauernd durch den Sinn,
C-3PO befürchtet Bann und Not!
Früh stehn sie auf mit Ungeduld im Sinn.
Die Suche nun die zwei erneut verbindet.
Mit schnellem Gleiter rasen sie dahin
Und hoffen, dass R2 sich recht bald findet.

(Luke und C-3PO treten auf, einen Landgleiter fliegend.)

LUKE

Mein Freund, pass auf! Der Scanner meldet sich,
Vor uns ist etwas. Lass uns rasch dorthin,
Wahrscheinlich wartet R2-D2 dort!
(beiseite:) Mit Glück entgeh ich meines Oheims Zorn.

CHOR

Schnell gleiten über Dünen sie und Sand,
Doch Tusken-Räuber sehen sie schon bald,
Auf Banthas, Gaffi-Lanzen in der Hand,
Ihr wilder Schlachtruf laut zum Himmel schallt.

(R2-D2 tritt auf.)
(Luke und C-3PO steigen aus, um mit R2-D2 zu sprechen.)

LUKE

Sag, wohin gehst du nur, du frecher Kerl?

R2-D2

Bawiiieb twiep biep.

C-3PO

Nein, Master Luke ist nun
Dein neuer Meister. Sei gehorsam jetzt!
Ja, zeig Ergebenheit und zeig Respekt!
Und sprich kein weitres Wort von Obi-Wan Kenobi!

R2-D2

Wietwiie twiep biep mieb piep.

C-3PO

Schweig bitte bloß
Von der Mission! Ich sag dir, du hast Glück,
Wenn unser neuer Meister dich jetzt nicht
Den Todesstrahl des Blasters spüren lässt.

LUKE

Sei doch geduldig mit ihm, 3PO.
Nun lasst nur schnell uns gehn.

R2-D2

Biep fieb ni miep!

LUKE

Was ist denn mit ihm los? Was spricht er da?

C-3PO

Er sagt, dass Kreaturen er vernimmt.
Sie nähern sich verstohlen von Südost.

LUKE

Sandmenschen! Hierher, kommt, sehn wir dort nach!
(beiseite:) Das Abenteuer nähert sich geschwind.
Ich steh bereit und nehme an mein Los.
Folg ohne Furcht des Schicksals wirrem Weg,
Der uns beständig durch das Leben führt.
Das Schicksal bracht' mich einst nach Tatooine
und winkt mich jetzt hinein in tiefe Kluft.
So hock ich an des Abenteuers Schlund,
Zu meinen Füßen Zeit und Weltenall.
Der Zufall leitet listig mein Geschick,
Und Tyche gönnt mir einen kurzen Blick.
Denn dort – ja dort! – soll finden ich mein Glück.
Ich schau hinein, umarme fest mein Los:
Komm her! Ich bin für's Leben nun bereit.
(mit Fernglas, zu den Droiden:)
Ich seh zwei Banthas, aber Tusken nicht.
Halt, wartet, einen kann ich jetzt doch sehn.

CHOR

Ganz unerwartet schlägt der Tuske zu,
Dass Luke sich gleich am Boden wiederfindet,
Berauben wollen sie den Mensch im Nu.
Ein falscher Drachenruf. Der Feind entschwindet!

(Obi-Wan, der den Ruf des Krayt-Drachen nachgemacht hat, um die Tusken-Räuber zu vertreiben, tritt auf.)

OBI-WAN

Nun tret ich in des Knaben Leben ein,
Den ich so manches Jahr betrachtet hab.
Geworden ist er nun zu einem Mann.
Der Welten Hoffnung ruht allein auf ihm,
Dass der Galaxis er Befreiung bringt.
Sorgfältig sollte jetzt mein Vorgehn sein
Ihm nähern darf ich mich nur mit Bedacht,
Mich seinen Fragen stelln mit trautem Rat.
Die innre Freude mit Geduld maskiern,
Obwohl die Wonne sicher überwiegt,
Wenn ich gleich in sein junges Antlitz seh.
Von Weitem hab ich über ihn gewacht,
So manchen Tag und Monat zugebracht,
Und ungeduldig diese Stund erwartet.
Doch dieser Anfang wird mein Ende sein;
Da für mich bald der letzte Vorhang fällt.
Mit meinem Abgang bringe ich vielleicht
Mein Dasein hier zu einem würd'gen Schluss:
Denn denkbar ist, dass durch des Knaben Tun
Mein lang gehegter Traum sich bald erfüllt.
So bring ich jetzt den letzten Akt in Gang,
Zwei Ziele dabei felsenfest im Blick:
Dies Mannes Seele retten und die Welt.
(zu R2-D2:) Erfreut, mein kleiner Freund.

R2-D2

(beiseite:) Beinah möcht ich
Die feste Zunge lösen auf ein Wort.
Der Mann erscheint mir reich an Weisheit und
Erfahrung auch. *(zu Obi-Wan:)* Badüb fieb biep tawiep.

OBI-WAN

Komm her, mein kleiner Freund, und fürcht dich nicht.

R2-D2

Biep miep whiehuu.

OBI-WAN

Nein, bitte sorg dich nicht.
Denn ganz und gar erholen wird er sich.
(Luke erwacht.)
Ganz sachte nun, denn du bist hart gestürzt,
Hast viel mehr Abenteuer heut erlebt
Als mancher in der ganzen Lebenszeit,
Dein Überleben zeigt Fortunas Gunst,
Weil doch der Schlag der Tusken grausam war.

LUKE

Wen seh ich? Ben Kenobi scheint's zu sein!
O Freude füllt mein Herz, nimmt mir die Pein.
Welch Fügung.

OBI-WAN

Ja, das stimmt. Doch lasst uns fort.
Die Jundland-Wüste ist kein sichrer Ort.
Doch bitte, junger Luke, sagt, weshalb seid
Ihr hier und welch ein Auftrag führt Euch her?

LUKE

R2 hat mich hierher gebracht.

R2-D2

Biep miep.

LUKE

Mir scheint, dass er auf einer Suche ist
Nach seinem Herrn. Doch seltsam scheint es mir,
Wie anhänglich der Kleine ist. Auch hab
Ich nie zuvor von solcher Hingabe
Gehört, die seltsam für Droiden ist.

R2-D2
Tuhuu.

LUKE
Er sagt, dass er ’nem Mann gehört,
Der Obi-Wan Kenobi heißt. Kann es
Denn sein, dass dieser Mann mit Euch verwandt?
Kennt Ihr vielleicht jemanden, der so heißt?

OBI-WAN
(beiseite:) O wie mein Herz bei diesen Worten schmerzt,
So hieß ich früher mal vor Ewigkeit.
Welch glücklich Fügung, dass Luke ihn nun ruft!
(zu Luke:) Ja, Obi-Wan Kenobi, Obi-Wan
Kenobi. *(beiseite:)* O, das klingt fast wie ein Lied
Ob’s eine Ode an die Freude ist
Oder ein Klagelied voll bittrer Pein?
(zu Luke:) Den Namen hab ich lang nicht mehr gehört,
Seit vielen Jahren – einer langen Zeit.

LUKE
Mein Oheim kannte früher Obi-Wan.
Er sagte mir jedoch, der Mann sei tot.

OBI-WAN
(beiseite:) O Owen, alter Schuft! Welch Hinterlist,
Doch weiß ich gut, weshalb du dies so sagst.
Nichts andres würd ich tun an deiner statt.
(zu Luke:) Doch nein, der Mann ruht nicht im letzten Schlaf.
Zumindest bis zuletzt, soweit ich weiß.

LUKE
Dann kennt Ihr ihn?

OBI-WAN

Ja, wahrlich, das tu ich.
Ich kenn den Mann, als wäre ich es selbst,
Denn das ist er, fürwahr. Der Obi-Wan,
Mein Luke, bin ich.

R2-D2

(beiseite:) Des Himmels Licht!
(zu Obi-Wan:) Biep miep.

OBI-WAN

Ich hab den Namen Obi-Wan nicht mehr
Gehört seit vor deiner Geburt.

LUKE

Ja, dann
Erkenn ich klar, dass er zu Euch gehört.

OBI-WAN

Ich hab keine Erinnerung daran,
Das ist nun in der Tat sehr sonderbar.
(Geräusche von Tusken-Räubern in der Nähe.)
Nun höret mir gut zu: Wir müssen fort.
Hinein, um nicht noch einen Kampf zu führn.
Die Sandleute ergreifen schnell die Flucht,
Doch bald kehrn sie zurück in größrer Zahl.

R2-D2

Ta-wiep miep biep wiep miep!

LUKE

C-3PO!

(C-3PO erwacht, in Stücke zerbrochen.)

C-3PO

Wo bin ich? Bin ich etwa ausgerutscht?
Im Traum kam die Vision von meinem Tod.
Zehntausend Krieger tanzten auf dem Grab,
Und ich, allein gegen die Übermacht,
Beweinte laut den allzu frühen Tod.

LUKE

Nur ruhig, mein Freund. Am Leben bist du noch.
Bist du nun wach? Wir müssen schnell hier fort,
Bevor die Sandleute uns attackiern,
Sonst wird dein Todestraum nur allzu wahr.

C-3PO

Ich weiß nicht, ob ich wach bin oder träum,
Doch geht nur fort zur Rettung Eurer selbst.
Erschlagen ward C-3PO vom Traum!

OBI-WAN

(beiseite:) Der Droide spricht länger, als er soll.

LUKE

Ich lass dich nicht zurück, du redest wirr.
Komm, komm, ich trage dich. Jetzt wehr dich nicht.

OBI-WAN

(beiseite:) Welch gutes Herz er doch bei diesem zeigt.
(zu Luke:) Sie kommen bald zurück, drum lasst uns fort.
Wir gehn zu mir. Das ist ein sichrer Ort.
(Sie gehen ab.)

ZWEITE SZENE

Im Innern der Kenobi-Heimstätte.
(Obi-Wan, Luke, C-3PO und R2-D2 treten auf.)

LUKE

Ihr müsst Euch täuschen, denn, o weiser Mann,
Mein Vater kämpfte nicht in einem Krieg.
So manchen Abend lag ich müd im Bett,
Vernahm Geschichten von ganz andrer Art:
Als Navigator eines Frachttransports
Bracht er Gewürze nur von hier nach dort.
Er hatte nichts mit Krieg und Kampf zu tun.

OBI-WAN

Dein Oheim wollte nicht, dass du das weißt.
Die Ideale und Philosophie
Hat er mit seinem Bruder nicht geteilt.
Dein Oheim, fest verwurzelt mit dem Land,
Wollt nur nicht, dass dein Vater sich verstrickt
In Konflikte mit dem Imperium.
(beiseite:) Was geb dem Kind ich nur vom Vater preis?
Wenn Luke von alldem wüsste, was ich weiß,
Würd er den Sinn ja trotzdem nicht verstehn.
Soll ich belügen ihn zu seinem Schutz?
Die Wahrheit offenbarn um jeden Preis?
Soll klar ich sprechen in jedem Detail
Und so des Vaters gutes Bild entstelln?
Ist meine Wahrheit besser nicht für Luke,
Wenn ich vom Vater spreche nur voll Stolz?
Ein'n Held zum Vorbild braucht ein jedes Kind.

LUKE

Die Klonkriege, habt ihr da mitgekämpft?

OBI-WAN

O ja. Ein Jedi war ich seinerzeit
So wie dein Vater.

LUKE

Tränen wallen auf
In mir bei dem Gedanken an den Mann,
Den kennen mir auf ewig ist versagt.

OBI-WAN

Bei den Piloten war er ganz gewiss
Weitaus der Beste in der Galaxie,
Ein list'ger Krieger war er ebenfalls
Und bis zum Ende mir ein teurer Freund.
(beiseite:) Und nun muss ich umgarnen seinen Sinn
Für seinen eignen Wert, damit er dann
Den Wunsch verspürt, ein Jedi auch zu sein.
(zu Luke:) Auch du sollst als Pilot geschickt doch sein.
Da fällt mir ein, ich hab etwas für dich.
Dein Vater wollte, dass du sie bekommst,
Die Waffe hier, wenn alt genug du bist.
Dein Oheim war dagegen stets aus Furcht,
Dass du dich Obi-Wan anschließen wirst,
Etwa bei einem törichten Kreuzzug,
So wie dein Vater einst in jungen Jahrn.

C-3PO

Mein Herr, wenn Ihr mich nicht mehr braucht, werd ich
Mich jetzt – für den Moment – gleich abschalten.

OBI-WAN

(beiseite:) Wieso spricht er, wenn ich das Wort hier führ?
Die Protokolldroiden taugen nichts.
Die Regeln des Benimms, er kennt sie nicht!

LUKE
Was ist's?

OBI-WAN
Das Lichtschwert deines Vaters, sieh!
Die Waffe eines Jedis führst du nun:
Jetzt denke dir, du hältst die Sonne in der Hand,
Erahnen kannst du so der Waffe Kraft.
Nicht wie ein Blaster plump und ungenau.
Nein, noble Eleganz das Lichtschwert hat.
Des Jedi-Ritters Stolz die Waffe ist.
In einer bessren Ära sie entstand.

CHOR
In seiner Hand die Jedi-Waffe, seht!
Das blaue Licht schießt vor aus seiner Hand,
Mit Ehrfurcht Luke das edle Licht erspäht,
Ein neuer Jedi kurzerhand entstand!

OBI-WAN
(beiseite:) Die Macht beginnt in ihm zu wirken nun.
(zu Luke:) Hüter von Frieden und Gerechtigkeit
Waren die Jedi für sehr lange Zeit.
Bevor die Republik ihr Ende nahm.
Bevor das große, böse Dunkel kam
Und das Imperium die Macht übernahm.

LUKE
Wie kam mein Vater um?

OBI-WAN
(beiseite:) Die Frage sitzt!
Die ganze Wahrheit offenbar ich nicht,
Vielleicht wird eines Tages er verstehn:
Dass aus gewisser Sicht so manches Wort

Doch auch der Wahrheit voll und ganz entspricht.
(zu Luke:) Da war ein Jedi, der Darth Vader hieß,
Mein Lehrling, bis er ging zur Dunklen Seit,
Half dem Imperium bei seiner Jagd
Auf Jedi. *(beiseite:)* Und nun zu den Worten schwer,
Die ich dem Jüngling leider sagen muss,
Auf dass er eines Tages dann versteht.
(zu Luke:) Und schuld ist er an deines Vaters Tod,
Die Jedi sind fast alle ausgelöscht.
Ja, hingegeben hat Darth Vader sich
Der dunklen Seit der Macht.

LUKE

Der Macht?

OBI-WAN

Der Macht.
Die Macht gibt einem Jedi seine Kraft,
Ein Feld von Energie, das uns umgibt,
Die Wesen und die Dinge all durchdringt
Und die Galaxis stets zusammenhält.

R2-D2

(beseite:) Derweil ich hier lausche, hätt ich beinah
Vergessen den Auftrag. Nun frisch ans Werk!
(zu Obi-Wan:) Biep fiep da wiep wee tiep mieb biep ta-diep!

OBI-WAN

Und nun, mein kleiner Freund, find ich heraus,
Woher du kommst und auch aus welchem Grund
Du dein Zuhaus denn nun verlassen hast
Für einen Auftrag in entfernter Welt.

LUKE

Da gibts ’ne Nachricht.

OBI-WAN

Ja, ich hab sie schon.

(Leia tritt auf in einer Projektion von R2-D2.)

LEIA

General Kenobi, vor langer Zeit
habt treu Ihr in den Klonkriegen gedient
Meinem Vater, der Euch nun bittet um
Erneuten Beistand gegen das Imperium.
Persönlich kann ich jetzt nicht bei Euch sein,
Denn eingenommen wurde jüngst mein Schiff.
Mein Auftrag ist gescheitert, denn ich kann
Euch nicht mehr mitnehmen nach Alderaan.
Doch hab ich in den Datenspeicher von
R2 geheime Pläne gut versteckt,
Sie bringen sichren Sieg der Rebellion.
Mein Vater braucht die Pläne dringend, drum
Geb ich in Eure Obhut den R2.
Bringt ihn mit Vorsicht schnell nach Alderaan.
Die Zeit der Verzweiflung eilt heran,
Ich fleh Euch an. O helft mir, Obi-Wan
Kenobi, helft. Ich bin in großer Not.

(Leia geht ab aus dem Strahl.)

CHOR

Die Nachricht endet, Stille dann entsteht,
In der sich Obi-Wan auf Pflicht besinnt.
Das Schicksal jetzt der junge Luke erspäht,
Das ungefiltert in sein Leben rinnt!

OBI-WAN

(beiseite:) Der Knabe hat's gehört und ist entbrannt.
Nun gieße ich aufs Feuer noch mehr Öl
Und schür die Flammen in ihm hoch empor.

(zu Luke:) Du musst vertraut sein mit der Macht, wenn du
Mich nun begleiten willst nach Alderaan.

LUKE

Nein, Alderaan? *(beiseite:)* Er spricht voller Magie,
Und mir erscheint's, als hätt ich all die Zeit
Gestanden unter einem großen Bann,
Erzeugt von ihm. *(zu Obi-Wan:)* Nein, ich muss fort nach Haus.
'S ist Zeit, und Oheim Owen wird ganz irr,
Wenn ich nicht bald bei ihm zu Hause bin.

OBI-WAN

(beiseite:) Nun muss es sein, denn sonst war es umsonst!
(zu Luke:) Ich brauche deine Hilfe – so wie sie.
Für Abenteuer bin ich schon zu alt.

LUKE

Ich sollte mich da raushalten, mein Freund.
Viel Arbeit wartet hier nun mal auf mich.
Denn wie die Seher sagen, ohne des
Fleißgen Farmers Hand ist die Ernte wie
Ein Taurücken ohne Reiter. Und das
Böse Imperium hasse ich, doch
Kann ich nichts dagegen ausrichten. Pfui!
Das alles ist so weit entfernt von hier.

OBI-WAN

Es ist dein Oheim, der so spricht, nicht du.

LUKE

Mein Oheim, o, mein Oheim! Wie soll ich
Ihm all das hier erklären? Sagt mir, wie?

OBI-WAN

Komm mit, ich lehre dich die Kraft der Macht.

LUKE

(beiseite:) Des Schicksals Wendungen entzweien mich.
Der eine Pfad zu Abenteuern führt,
Der andere weist mich zurück nach Haus.
Mein ganzes Leben wollt ich von hier fort.
Und nun gibt Obi-Wan mir guten Grund,
Wieso ich Tatooine verlassen soll
Und zu den Sternen gehn. Er hat erzählt
Von der gewalt'gen Macht – und doch zieht mich
'ne andere nach Haus: die Macht der Pflicht
Und der Verantwortung. Ich will zwar fort,
Noch heute fliegen – ohne Blick zurück –,
Wären nicht Owen und Beru für mich
Treue Familie. Drum steht mein Entschluss,
Ich bleib auf Tatooine bis zu der Zeit,
Wenn ich mit reiner Seele gehen kann.
(zu Obi-Wan:) Ich bringe Euch noch bis nach Anchorhead.
Dort gibt es jemand, der Euch bringt, wohin
Ihr wollt – auch durch die ganze Galaxie.

OBI-WAN

Auf dein Gewissen höre besser nun,
Was du für richtig hältst, sollst du auch tun.

(Sie gehen ab.)

DRITTE SZENE

Im Innern des Todessterns.
(Imperiale Generäle und Senatoren, darunter Motti und Tagge, treten auf.)

TAGGE

Bis diese Kampfstation hier vollständig
Gerüstet, kampf- und einsatzbereit ist,
Ist sie bei einem Angriff ungeschützt.
Und die Rebellen sind recht listenreich,
Oft viel gefährlicher, als Ihr es glaubt.

MOTTI

Gefahr für Eure Flotte, ja, vielleicht,
Doch nicht für diese große Kampfstation.

TAGGE
Die Rebellion erhält mehr Zuspruch jetzt
Im Großen Senat.

(Tarkin und Vader treten auf.)

TARKIN
(beiseite:) O dieses Geschwätz,
Sie gackern Worte wie das Huhn im Stall!
(zu Tagge:) Der Große Senat, von dem Ihr hier sprecht,
Er wird uns länger nicht mehr stören, denn
Wie mir eben zugetragen wurde,
Ist er jetzt aufgelöst. Der Imperator
hat es heute selber so beschlossen.
Jetzt – glaubt mir – schwindet schnell der letzte Rest
Der Alten Republik dahin wie Schnee.

TAGGE
Den Teufel auch, wie unfassbar! Wie soll
Der Imperator die Kontrolle wahrn
Ohne die riesige Bürokratie?

VADER
(beiseite:) O die Politiker, sie ärgern mich!
Gouverneure und Gebiete, all das
Kümmert mich nicht! Doch ihre Gesellschaft
Erfüllt ihren Zweck. Obschon ihr Geschwätz
Den Geist ermüdet. So stell ich fest: Nichts
Wurde je durch ihren Rat verbessert.
Doch auch der Menschen Bindung, glaubt mir,
Ist bedeutungslos: Familie und auch Freund,
Sie lassen dich im Stich. Die große Lieb,
Sie scheitert, die Lehrer wenden sich ab.
Drum setz ich besser auf Politiker,
Da letztlich Lügen, Täuschung und Geschwätz
Der Kitt von diesem Universum sind.

Doch schwör ich hier und jetzt, merkt auf:
Weder Politiker noch Gouverneur
Wird jemals mir diktiern, was ich tun soll.
Mein teurer Imperator und auch ich
Bestimmen selbst das Schicksal, das da kommt.

TARKIN

Die Gouverneure haben alle jetzt
Die Kontrolle über die eigne Welt,
Die Menschen fügen sich aus purer Furcht,
Der Furcht vor dieser mächt'gen Kampfstation!

TAGGE

Doch was ist mit der schnöden Rebellion?
Denn wenn die Pläne dieser Kampfstation
Gestohlen sind, dann kann es durchaus sein,
Dass sie 'ne Lücke finden, die sie dann
Gleich attackieren. Tarkin, merket wohl.

VADER

In unsrer Hand sind bald die Pläne schon.

MOTTI

Ein Angriff hier hat sicher keinen Sinn,
Selbst mit den Daten, die in ihrer Hand.
Drum bin ich nicht zu kühn mit diesem Satz:
Die Kampfstation hat absolute Macht.
Und darum bitt ich, setzen wir sie ein!

VADER

(zu Motti:) Geduld! Ich warne Euch, seid nicht zu stolz
Auf Euer technologisch Scheckgespenst.
Ein solches Bauwerk für den Tod erdacht,
Selbst wenn es einen Stern komplett zerstört,
Ist nichts verglichen mit der Kraft der Macht.

MOTTI

Verschont uns mit Geschichten von der Macht
Und gebt uns nicht den Zaubrer, Vader. Nein,
Die Hexenmeisterpose schreckt mich nicht.
Die alte Religion, an der Ihr hängt,
Hat auch die Pläne nicht hierher geschafft.
Und auch der Stützpunkt der Rebellen bleibt …

(Vader würgt Motti mithilfe der Macht.)

CHOR

So offenbart sich hier die Kraft der Macht,
Denn Motti wird von festem Griff umklammert,
Sein Sinn wird schwindlig, vor das Aug' tritt Nacht,
Während er keucht, nach Luft ringt und auch jammert.

VADER

Ihr Glaubensmangel ist beklagenswert.

TARKIN

Genug davon! Lord Vader, lasst ihn los!

VADER

Wie Ihr befehlt. *(beiseite:)* Mein Standpunkt findet sich
Auf seinem ketzerischen, stolzen Hals.

(Vader lässt Motti los.)

TARKIN

Genug! Jetzt Schluss! Beendet dies Gezänk.
Lord Vader soll den sichren Stützpunkt der
Rebellen finden, und zwar noch bevor
Die Kampfstation zur vollen Kraft erwacht.
Und lauter Jubel wird zu hören sein,
Wenn schnell die Rebellion vernichtet ist!
Nun fort mit Euch, erfüllt dies große Ziel.

*(Imperiale Generäle und Senatoren,
darunter Motti und Tagge, gehen ab.)*

VADER

Die Truppen, stationiert auf Tatooine,
Haben grade Droiden aufgespürt.
Wir holen jetzt die Pläne.

TARKIN

Gut, sehr gut.
Ein guter, treuer Diener wart Ihr stets
Des Imperators, nun, Lord Vader, geht,
Der Gouverneur, er schuldet Euch den Dank.
(Darth Vader geht ab.)
Der Mann, er ist zu dienen stets bestrebt.
Der Imperator hat ihn fest im Griff,
Sein Herz und seine Seele in der Hand.
Ich weiß noch gut, wie ich als junger Mann
Mit Vader und dem Imperator stand,
Um über unser Schicksal zu sinniern.
Nun Vader, halb Maschine und halb Mann,

Ist wichtig und bedeutend für den Plan.
Er kennt die Macht und kennt auch seinen Platz.
Er weiß, dass er und ich stehn Seit an Seit,
Um treu dem Imperator beizustehn,
Bis unsres Lebens letzter Vorhang fällt.
Bislang schon wurde Tarkin respektiert,
Doch mit der Kampfstation regiert die Furcht.
Ja, standhaft wie ein Fels bin ich und kalt
Und werd die Rebellion vernichten bald.

(Tarkin geht ab.)

VIERTE SZENE

Der Wüstenplanet Tatooine.
(Obi-Wan Kenobi, Luke Skywalker, C-3PO und R2-D2 treten auf, umringt von Jawa-Leichen.)

LUKE

Mir scheint, es ist der Tusken Missetat,
Die Gaffi-Lanzen dort und auch die Spur
Von Banthas seht. Doch haben sich noch nie
Die Sandleute so weit hinausgewagt.

OBI-WAN

Doch Zweifel habe ich an diesem Bild.
Es sieht zwar aus, als wärn die Tusken schuld.
Doch merke auf, hör zu und sieh dorthin:
Die Spuren hier, siehst du, sind Seit an Seit,
Doch nacheinander Tusken reiten stets,
Um zu verbergen ihre wahre Zahl.

LUKE

Das sind die Jawas, die C-3PO
Sowie R2 zum Kauf uns dargebracht.

OBI-WAN

Und diese Einschüsse sind gar zu fein,
Für Tusken-Räuber viel zu akkurat.
Erprobte Truppler vom Imperium
Sind so präzise nur, so treffsicher.
(beiseite:) Beim Blick auf diese Szene keimt die Furcht,
Die Truppen haben Schlimmeres getan.
Beru und Owen sind ganz sicher tot,
Zwar bricht bei dem Gedanken mir mein Herz,
Doch wird der Funke so in Luke entfacht
Und er geführt zur Rebellion, zur Macht.
Ihr Tod so anderen das Leben schenkt.

LUKE

Warum nur würde das Imperium
Den Jawas etwas antun? Halt, die zwei
Droiden! Wenn sie folgen ihrer Spur,
Entdecken sie, wohin man sie verkauft.
Und diese Spur führt sie zu meinem Heim!

OBI-WAN

Geduld nur, Luke! Du bringst dich in Gefahr!

(Luke rennt zu seinem Landgleiter.)

CHOR

Im Gleiter rast der junge Luke dahin,
Findet sein Heim im Flammenmeer tiefrot.
Im dunklen Rauch erspäht er mittendrin
Die Muhme und den Oheim – sie sind tot.
Tief trauernd kehrt er dann zu Ben zurück,
Sein Leben will er weihen nun der Macht.
Der Angriff, feig und ungerecht, birgt Glück,
Das Böse hat Lukes Kampfgeist jetzt entfacht.

OBI-WAN

Du hättest nichts geändert, junger Luke.
Wärst du auch dort gewesen, wärst du tot.
Und die Droiden wären sicher nun
Fest in den Händen des Imperiums.

LUKE

Ihr wisst, was ich erlebt' am heut'gen Tag.
Nie hab ich so viel Leid wie jetzt gekannt.
Nach Alderaan möcht ich nun mit Euch gehn,
Denn mich hält nichts mehr hier auf Tatooine.
Will nun vertraut mich machen mit der Macht
Und wie mein Vater Jedi-Ritter sein.
Los! Machen wir uns besser auf den Weg,
Denn wenn wir eilen, dann gelingt die Flucht.
(Obi-Wan, C-3PO und R2-D2 gehen ab.)
Nach Abenteuern hat's mich stets verlangt,
Mein Wunsch ward jetzt im Übermaß erfüllt.
Die Seele in mir weint; mein Geist rast schnell
Auf hunderttausend Pfaden hin und her.
Mein Oheim und Beru, die ich geliebt,
Kam wohl ihr grausam Tod durch meinen Wunsch?
Dann will ich nie mehr etwas wollen, wenn
Schon durch mein Wollen was ich liebe, stirbt.

O Abenteuer, hör, du mieser Schuft!
Übel Gespinst aus eines Knaben Geist,
Der stets sich sehnte nach der wilden Welt,
Obschon er hatte wunderbares Heim,
Familie, gütig und so liebevoll,
Stets reichliche Ernte war der Arbeit Lohn.
War dieses Leben hier nicht viel mehr wert
Als alle Abenteuer dieser Welt?
Still, schwere Seele, hab Geduld, sei klug,
Du weißt der Sand der Zeit läuft nie zurück,
Vorwärts marschiert das Schicksal, rückwärts nicht.
Das Leben treibt beständig uns voran.
Nichts kann ich tun, das sie mir bringt zurück,
Doch meinem Leben geb ich neuen Sinn.
Ich mach sie stolz auf mich, o glaubet mir,
Und stürz mich in das Abenteuer jetzt.
Ich trag die Last – doch ohne großen Schmerz –
Und weih mein Leben dieser Rebellion.
Ich werd ein edler, tapfrer Jedi nun
Und ehr sie so im Grab mit meinem Tun.

(Luke geht ab.)

DRITTER
AUFZUG

ERSTE SZENE

Mos Eisley,
auf dem Wüstenplaneten Tatooine.

CHOR

In ihrer Zelle die Prinzessin weilt
Mit hoffnungsvollem, gramgeplagtem Blick.
Ihr Wissen auch nach Folter sie nicht teilt,
Der Dunkle Lord versuchts mit jedem Trick.
Der junge Luke und Obi-Wan bereiten
Sich vor für ihren Flug nach Alderaan.
Zum Raumhafen die Helden zügig gleiten,
Dort suchen sie ’n Piloten, der was kann.

(Obi-Wan, Luke, C-3PO und R2-D2 treten auf, einen Landgleiter fahrend.)

OBI-WAN

Mos Eisley Raumhafen. Nirgends wirst du
Mehr Verkommenheit und Abschaum sehn als
Hier. Wir müssen also vorsichtig sein.

(Sturmtruppen treten auf.)

TRUPPLER 3

Wie lange habt Ihr die Droiden schon?

LUKE

Es sind der Jahreszeiten vielleicht vier.

OBI-WAN
Wir würden sie verkaufen, wenn Ihr wünscht.

CHOR
Ein edler Geist bedient sich gleich der Macht,
Die Vader nur für böse Tat benutzt.
Was Obi-Wan jetzt sagt, der Truppler macht.
Der junge Luke schaut zu und ist verdutzt.

TRUPPLER 4
Zeigt mir nur eure Ausweise.

OBI-WAN
Nein, Ihr
Braucht den Ausweis nicht zu sehn.

TRUPPLER 4
Den Ausweis
Müssen wir nicht sehen.

OBI-WAN
Die Wahrheit ist:
Das sind nicht die Droiden, die Ihr sucht.

TRUPPLER 3
Das sind nicht die Droiden, die wir suchen.

OBI-WAN
Passieren kann jetzt dieser junge Mann.

TRUPPLER 3
Passieren kann jetzt dieser junge Mann.

OBI-WAN
Nun fort von hier.

TRUPPLER 4

Nun fort von hier, hinfort!

(Sturmtruppen gehen ab.)
(Jawas treten auf, als Obi-Wan, Luke, C-3PO und R2-D2 aus dem Landgleiter aussteigen.)

C-3PO

Die Jawas sind mir ein Gräuel!

LUKE

(zu den Jawas:) Hinfort!
(Jawas gehen ab.)
Bei meiner Treu, verstehen tu ich's nicht,
Wie wir den Sturmtruppen entkommen sind.
Ich dachte, unser Ende sei ganz nah.

OBI-WAN

Die Macht kann einen großen Einfluss haben
Auf jene, die voll Einfalt sind und schwach.

LUKE

Glaubt Ihr, dass sich in der Spelunke hier
Tatsächlich ein Pilot wird finden lassen,
Der unversehrt uns bringt nach Alderaan?

OBI-WAN

Die Zahl der Frachterpiloten hier ist
Sehr stattlich. Doch nimm dich stets gut in Acht,
Der Ort hier hat 'nen wirklich schlechten Ruf.

LUKE

Ich werd auf alles vorbereitet sein.

OBI-WAN

(beiseite:) Schneid hat er ja – Instinkte hoff ich auch.

(Sie betreten die Cantina voller Wesen und einem Schenck.)

CHOR

O schaut genau und merkt euch, was ihr seht,
Denn hier herrscht Vielfalt, jeder ist willkommen!
Um Spiel, Spaß, Schnaps sich alles hier nur dreht,
Doch kann man hier ein schnelles Schiff bekommen?
Hier sieht man manche graus'ge Kreatur
Und fiese Kerle mit noch fiesre Waffen.
Die Band ist seltsam, spielt in einer Tour.
Das ist die große Bar. Jetzt dürft ihr gaffen!

SCHENCK

(zu Luke:) Merkt auf! Die da bedienen wir hier nicht,
Droiden müssen hurtig hier hinaus.

LUKE
(zu Droiden:) Geht raus zum Gleiter. Wartet dort auf uns.
Vermeiden wollen wir hier den Konflikt.

C-3PO
Von ganzem Herzen stimm ich zu, mein Herr.

(Droiden gehen ab.)
(Chewbacca tritt auf und spricht mit Obi-Wan, und zwei Wesen sprechen mit Luke.)

WESEN 1
Negola d'waghi wooldugger!

WESEN 2
Hör zu:
Dein Antlitz missgefällt.

LUKE
Vergebt mir, Sir.
(beiseite:) Seins sagt mir auch nicht zu, doch jammre ich?

WESEN 2
In der Tat missfällt mir dein Antlitz sehr,
'nen Esel bohr ich dir. Sei auf der Hut,
Denn vom Gesetz werden wir zwei gesucht.
Die Todesstrafe hab ich mir verdient
Auf zwölf Sternen, und ich verdien sie mir
Auch gerne hier, wenn du mich provozierst.

LUKE
(beiseite:) Vielleicht verspürt' ich Furcht vor diesem Mann,
Wenn er zur Schulter reichen würde mir.
(zu Wesen 2:) Dann sehe ich mich vor.

WESEN 2

Sterben wirst du!

(Obi-Wan nähert sich.)

OBI-WAN

Der Bursche hier ist Eure Zeit nicht wert.
Jetzt kommt, lasst uns doch Freunde sein, mein Herr!
Auf Euer Wohl, da stoßen wir jetzt an.

(Wesen 2 schlägt Luke; Obi-Wan schwingt sein Lichtschwert, verletzt Wesen 2 und trennt den Arm von Wesen 1 ab. Wesen 1 und 2 gehen ab.)

OBI-WAN

(beiseite:) Ich spürte nicht den Wunsch nach einem Kampf,
Mir ließen diese beiden keine Wahl.
Doch hat dies allen hier recht gut gezeigt,
Dass Obi-Wan es noch immer gut kann.
(zu Luke:) Chewbacca hier ist Erster Offizier
Auf einem Schiff, das unsrem Zweck genügt.

(Han tritt auf und gesellt sich zu Chewbacca, Obi-Wan und Luke an den Tisch.)

HAN

Han Solo stets zu Diensten, meine Herrn,
Wisst, der Millennium Falke ist mein Schiff,
Mein Erster Offizier sagt mir, Ihr sucht
Einen Transport zum Alderaan-System.

OBI-WAN

Ja, stimmt, wenn Euer Schiff schnell fliegen kann.

HAN
Mein Schiff schnell fliegen? Habt Ihr denn noch nie
Vom Falken gehört? Er ist das schnellste Schiff!

OBI-WAN
(beiseite:) Welch Prahlerei. Doch wenn er uns mitnimmt,
Erdulde ich es gern. *(zu Han:)* Nein, sollte ich?

HAN
Dies Schiff hat den Korsalflug absolviert,
In zwölf Parsecs, wenn Euch das etwas sagt.
Den Sternenschiffen des Imperiums
konnt stets ich gut entfliehn. Genug davon.
Auch Großkreuzern und Schiffen aus Corellia
Flog ich davon, doch nun genug davon.
Ich prahle nicht mit der Geschwindigkeit.
Genügen sollte es für Euren Zweck,
Sie ist die Schnellste. Doch genug davon.

LUKE
(beiseite:) Genug davon, ich wünscht, er gäbe Ruh.
Wie es mir scheint, liebt dieser Mann sein Schiff
Viel mehr, als mancher Mann liebt seine Frau.

HAN
Nun sagt, was wird die Fracht denn sein?

OBI-WAN
Ich selbst,
Die drei. Und Fragen gibt es keine mehr.

HAN
Wohl Ärger hier am Orte, wie mir scheint?

OBI-WAN
Nein, sagen wir, wir möchten gern einem
Konflikt mit dem Imperium entgehn.

HAN
Das also ist des Pudels Kern! Der Preis
Wird dadurch höher. Zehntausend kostet
Euch dann Euer Flug. Zu zahlen ist der
Preis, bevor wir diese Welt verlassen.

LUKE
Zehntausend? Pfui! Da kauf ich selbst ein Schiff
Für einen solchen Preis.

HAN
Ein feiner Scherz!
Wer soll denn fliegen Euer Schiff – gar du?

LUKE
Du Schuft, ja, in der Tat! Denn ein Pilot
Bin ich mit Fug und Recht. *(zu Obi-Wan:)* Müssen wir uns
Von diesem Mann solch dumm Geschwätz anhörn?

OBI-WAN
Zweitausend übergeben wir Euch jetzt,
Und weitre Fünfzehntausend folgen dann,
Sobald wir sind am Ziel: auf Alderaan.

HAN
Also Siebzehn? Sodann Gratulation,
Das Schiff ist Euer jetzt, wir legen ab,
Sobald Ihr fertig seid. Ihr findet mich
Im Andockhafen Nummer vierundneunzig.

OBI-WAN
Gut. Vierundneunzig.

HAN

Seht, Ihr habt auch schon
Gewisses Interesse hier erregt.

(Obi-Wan und Luke gehen ab, als Sturmtruppen vorbeigehen.)

CHEWBACCA

Grra.

HAN

Siebzehn nun! Die Verzweiflung scheint groß!
Dies könnte meine prompte Rettung sein.
Geh du zum Schiff und halte dich bereit.
(Chewbacca geht ab.)
Zuletzt traf ich so manches Fehlurteil,
Nun lasten diese Fehler schwer auf mir.
Geschaffen für die Freiheit – für den Flug!
Doch fliegen kann nicht ein gesuchter Mann,
Der ständig durch die Schulden, Pflicht und Angst
Ein Leben auf des Messers Schneide lebt.
Ein Teil von mir sucht stets ein bessres Los,
Ein andrer Teil das Leben liebt von einst.
Mein eignes Dasein ist ein Paradox –
Ein Schmuggler kühn mit einem sanften Herz,
Ein Spieler mit ’nem edlen, tapfren Geist.
Ich wär ein bessrer Mann als der ich bin,
Ließ ich den Mann zurück, der ich jetzt bin.
Vielleicht weist mir der Auftrag einen Weg,
Der mich den krummen Pfad verlassen lässt,
Vergangnes heilt und neue Zukunft schafft.

(Greedo tritt auf, stoppt Han Solo, als der abzugehen beginnt.)

GREEDO

Na koona t’chuta, Solo?

HAN

Doch glaub mir,
Greedo, ich bin grad auf meinem Weg
Zu deinem Herrn. Sag Jabba klipp und klar:
Ich hab sein Geld besorgt nun.

GREEDO

Soong peetch'lay.
Na mala tram pee chock makacheesa.
Na Jabba w'nin chee kosthpa murishan'
Tutyng ye wanya yoskah. Heh heh heh!
Na chas kee nyowyee koo chooskoo.

HAN

Das stimmt,
Doch diesmal ist es wirklich auch mein Geld.

GREEDO

Keh lee chalya chulkah in ting coo'ng koos'.

HAN

(beiseite:) Der Kopfgeldjäger testet die Geduld.
(zu Greedo:) Nein, nein, ich hab das Geld jetzt nicht bei mir.
Sag Jabba …

GREEDO

Ny'chi withi! Ayl garu
Puyay enya aru gagu shuku
Shunu pu'aa ipi.

HAN

Doch auch mein Schiff
ward hin und wieder ausgeraubt. Glaubst du,
Ich hatte wirklich eine Wahl?

GREEDO
Dro Jabb'.
Na paknee abnya apna.

HAN
Nein, das nicht:
Der Tag, an dem mir Jabba nimmt mein Schiff,
Trifft niemals ein. Es sei denn, ich bin tot.

GREEDO
Nay oo'chlay nooma. Chespeka noofa
Na cringko kaynko, a nachoskanya!

HAN
Das stimmt, den Tag sehnst du dir wohl herbei.
(Sie schießen, Greedo stirbt.)
(zum Schenck:) Die Sauerei ist weggeputzt im Nu.
(beiseite:) Dass ich zuerst schoss, geb ich niemals zu!

(Sie gehen ab.)

ZWEITE SZENE

Im Inneren des Todessterns.
(Vader, Tarkin und Tagge treten auf.)

VADER
Die Prinzessin hat Kraft, gibt Widerstand,
Als hätte sie auch Kenntnis von der Macht
Und trüg in sich auch eines Jedis Blut.
So blockt sie ihren Geist vor dem Gerät.
Es wird wohl brauchen noch ein wenig Zeit,
Bis wir ihre Gedanken extrahiern.

(Admiral Motti tritt auf.)

MOTTI

Vollzogen sind nun auch die letzten Tests,
Drum hört: Der Todesstern, er ist bereit.
Er ist jetzt voll und ganz funktionsfähig.
So, Gouverneur, wohin wünscht Ihr den Kurs?

TARKIN

Vielleicht beugt sich die Prinzessin einer
ganz neuen, stärkren Überzeugungskraft.

VADER

Ich bitt Euch, Tarkin, sagt: Wovon Ihr sprecht?

TARKIN

Geduld habt, Darth – das sollt Ihr noch erfahrn.
Nun ist es an der Zeit, des Sternes Kraft
Dem All zu demonstriern. Jetzt, Admiral,
Fahrt fort und setzt den Kurs auf Alderaan.

MOTTI

Ich hör Euch gut und gehorche mit Stolz.

(Tarkin, Tagge und Motti gehen ab.)

VADER

Nur Freude bringt mir andrer Wesen Tod,
Die Dunkle Seite hat mich fest im Griff.
Das sinnlos Ende andrer schmerzt mich nicht,
Denn Richter bin ich und der Henker auch.
Was kümmern mich die Menschen Alderaans,
Wenn ich von jeher kenne nur ein Ziel:
Den Tod zu bringen jedem, der mich stört.
Direkt nach Alderaan geht's jetzt hinaus,
Voll Gier erwarte ich des Todes Graus!

(Vader geht ab.)

DRITTE SZENE

Mos Eisley, auf dem Wüstenplaneten Tatooine.
(C-3PO und R2-D2 treten auf.)

C-3PO
Nun bitte, schließ die Türe zu sogleich!

(Sie verstecken sich hinter der Tür.)
(Sturmtruppen treten auf.)

TRUPPLER 5
Die Tür ist zu. Und wie mein Vater sprach:
Kein Unheil birgt die abgeschlossne Tür.
Drum hört auf mich, denn eines ist wohl klar,
Dass die Droiden, die wir suchen, hier
Nicht sind. Die Tür ist zu und somit gut.
So können nun beruhigt wir weiterziehn.

(Sturmtruppen gehen ab.)
(C-3PO und R2-D2 tauchen auf.)

C-3PO
Ich sag es, wie es ist. Viel lieber wär
Ich jetzt bei Master Luke als hier mit dir.
Ich weiß nicht, was für Ärger hier sein mag,
Doch bin ich sicher, dass die Schuld dich trifft.

R2-D2
(beiseite:) Ich schwör, deine Belohnung kriegst du noch!
(zu C-3PO:) Miep biep ta-wiep twiep wieb miep biep miep twiee!

C-3PO
Halt ein mit dem Gefluche in den Bieps!

(Obi-Wan und Luke treten auf.)

OBI-WAN
Verkauf den Gleiter nun.

LUKE
Das tue ich.
Ich kehr nie mehr zurück an diesen Ort.

CHOR
Zum schnellen Handel trifft sich deshalb Luke
Mit einem Käufer in den staubgen Gassen.
Der Preis ist niedrig, doch es ist genug,
Jetzt können sie die Wüstenwelt verlassen.

LUKE
Welch lächerliche Summe, meiner Treu.
Seit der XP-38 kam auf den Markt,
Verlor dieses Modell den Wert gar schnell.

OBI-WAN
Es ist genug und reicht für unsren Zweck.

(Alle stehen an der Seite.)

CHOR
Doch während Luke und Obi-Wan sich rüsten,
Wird unsren Helden heimlich zugesehn.
Der Späher weiß, was andere gern wüssten,
Am Schiff sieht man den fetten Jabba stehn.

(Han tritt auf mit Chewbacca und Jabba mit Schergen.)

JABBA
Ba'Solo! Hay lapa no ya, Solo!

HAN

(beiseite:) Zum Teufel, das kommt unerwartet jetzt.
(zu Jabba:) Du hier, Jabba, so schleimig, fett und rund.
Gewartet habe ich darauf so lang.

JABBA

Boonowa tweepi. Heh, ho, ha!

HAN

Nein, nein!
Du hast doch nicht gedacht, dass ich jetzt flieh?

JABBA

Na-Han mah bukee. Keel-ee c'leya kuk'h.
Wanta dah moolee-rah? Muh wonkee chee
Sa crispo Greedo?

HAN

Solltest du noch mal
'ne Unterredung suchen, dann komm selbst!
Und schick mir keine groben Hohlköpfe.

JABBA

Han, Han. Make-cheesay. Pa'sa tah nay
Ono caulky malia. Ee youngee
D'emperiolo teesaw. Twa spastik'
Wahl no. Yanee dah poo noo.

HAN

Nein, sieh hier!
Wie sagte ich bereits – bei meiner Seel,
Als hätt ich's eben erst gesagt –, selbst ich
Ward hin und wieder ausgeraubt. Glaubst du,
Ich hatte wirklich eine Wahl? *(beiseite:)* Es stimmt,
Manchmal scheint es, als wiederholt' ich mich.

(zu Jabba:) Nun eine Heuer hab ich, kinderleicht,
Wenn sie erledigt ist, bekommst du gleich
Dein Geld – vielleicht mit Zinsen obendrauf.
Nur noch ein wenig Zeit, dann hast du es.

JABBA

Na-Han ma bukee. Bargon yanah cot'
Da eetha. See fah luto tweentee, ee
Yaba na …

HAN

Nein, sprich jetzt nicht von so viel.
Fünfzehn Prozent sind ganz sicher genug.

JABBA

See fah luto eetheen, ee yaba ma
Dukey massa. Eeth wong che coh pa na
Geen, nah meet' toe bunk' dunko. Lo choda!

HAN

O Jabba, du bist stets so gut.

JABBA

Boska!

(Jabba und Schergen gehen ab.)

OBI-WAN

Ja, wenn das Schiff so schnell ist, wie es uns
Dieser Han Solo vollmundig verspricht,
Wird alles gut.

LUKE

(erblickt das Schiff:) Welch aberwitz'ges Schiff
Ist das? Ja, diese Mühle ist nur Schrott?

HAN

Eineinhalbfache Lichtgeschwindigkeit
Macht sie, obschon man's ihr nicht gleich ansieht.
Es gibt kein Schiff mit mehr Temperament.
Manch Optimierung hab ich schon gemacht,
Damit sie schneller wird noch als zuvor.
Nun, meine Herren, wenn Ihr so weit seid,
Verabschieden wir zügig uns von hier.
(beiseite:) Und wenn dein Mund sie noch mal so verschmäht,
Dann trifft mit meiner Hand sich dein Gesicht.

*(Chewbacca, Obi-Wan, Luke, C-3PO
und R2-D2 betreten das Schiff.)*

CHOR

Bevor das Schiff noch startet für den Trip,
Erscheinen Truppler mit gewalt'gen Waffen.
Der fiese Feind bekam des Spähers Tipp.
Ein Kampf bricht los. Wird es der Falke schaffen?

(Sturmtruppen treten auf.)

TRUPPLER 5

Halt, stoppt das Schiff! Ja, jagt es in die Luft!

HAN

Chewbacca, hinfort! Wir müssen jetzt los!

C-3PO

Die Raumfahrerei, wie hass ich sie bloß!

(Sie gehen ab.)

VIERTE SZENE

Weltall, an Bord des Millennium Falken.

CHOR

Mos Eisley wurde sicher noch verlassen.
Der Falke rast hinfort – sie hatten Glück!
Die Wüstenwelt seht ihr jetzt schnell verblassen,
Die Handlung kehrt erneut ins All zurück.

(Chewbacca und Han treten auf, im Schiff.)

CHEWBACCA

Egh, auugh!

HAN

Dicht auf den Fersen ist uns ein
Imperialer Kreuzer. Unsre Fracht
Ist wohl viel wichtiger als erst gedacht,
Wenn das Imperium sie so verfolgt.
Chewbacca, kümmre dich um die Abwehr
Und richte flugs den Deflektorschild aus,
Die Lichtgeschwindigkeit bereit ich vor.
(Obi-Wan Kenobi und Luke Skywalker treten auf.)
Sei wachsam, Wookiee! Denn da kommen schon
Zwei weitre Schiffe – kreuzen unsren Weg.

LUKE

Nein, weshalb kannst du beiden nicht entfliehn?
Du hast doch mit Geschwindigkeit geprahlt.

HAN

(beiseite:) Schon wieder plappert er nun übers Schiff!
O wieso ließ ich ihn bloß nicht zurück.
(zu Luke:) Wähl deine Worte gut, sonst kann es sein,
Dass du des Sternzerstörers Unrat wirst,
Dann schwebst du fort und verschwindest im All.
Sei ruhig, bald sind wir weg von der Gefahr,
Gleich nach dem Absprung in den Hyperraum.
Und obendrein hab ich ein groß Geschick
In kühner, schneller Flucht. Mein Leben lang
Bin Ärger ich entgangen und noch mehr.
Ich weiß es noch genau – ich war ein Kind –
Und jagte auf dem Speederbike ein Nerf.
Durch raue Gegend kamen wir alsbald,
Ich jagte es hindurch und drumherum,
Dann fing ich es an diesem prächt'gen Tag.
Mir scheint, als käm ich seither stets davon.

OBI-WAN

Wie lang noch bis zur Lichtgeschwindigkeit?

HAN

Einen Moment noch, bis der Computer
Genau und gut den Flug berechnet hat.

LUKE

Ja, bist du toll? Die haben uns ja gleich!
Ich reise nicht, zu finden meinen Tod.
(beiseite:) Zu meinem Ende führt mich dieser Mann.

HAN

Im Weltraum zu fliegen, das ist doch sehr
Viel anders als über Rübenfelder
Auf deinem Land des ewig trock'nen Sands.
Ohne die präzise Kalkulation
Fliegen wir am Ende durch einen Stern
Oder einer Supernova zu nah.
Dein Ausflug wäre dann bereits vorbei,
Bevor er denn beginnt.

LUKE

Doch, o! Was jetzt?
Welch Licht durch jenen blinkend Sensor bricht?

HAN

Es zeigt den Verlust vom Deflektorschild.
Nun habt Geduld! Nehmt Platz und gebt gut acht,
Macht euch bereit für Lichtgeschwindigkeit.

CHOR

Hand drückt auf Knöpfe, und dann geht es los.
Das Schiff beschleunigt jetzt mit voller Wucht.
Die Freude der Besatzung ist sehr groß,
Mit Lichtgeschwindigkeit gelingt die Flucht.

(Sie gehen ab.)

FÜNFTE SZENE

Im Inneren des Todessterns.
(Tarkin und Motti treten auf.)

MOTTI
Endlich sind wir im Alderaan-System.

(Leia, tritt auf, gefesselt, mit Wachen und Vader.)

LEIA
Gouverneur Tarkin, Ihr gemeiner Schuft.
Nun wird mir klar, dass Vader letztlich nur
Nicht mehr ist als ein Hund, der sich bloß fügt
Dem fiesen Klang der Stimme seines Herrn.
Der faulige Gestank, der euch umgibt,
Er drang mir in die Nase schnell und stark,
Als ich in Ketten ward hierher gebracht.

TARKIN
Charmant seid Ihr, und das noch bis zum Schluss.
Wenn Ihr nur wüsstet, mit welch Schmerz ich grad
Noch euren Tod besiegelt hab. Geseufzt
Hab ich dabei und bitterlich geweint.

LEIA
Es überrascht mich, dass Ihr selbst den Mut
Habt, die Verantwortung zu tragen, und
Das obwohl für Feigheit Ihr bekannt seid.

TARKIN
(beiseite:) Sie wird stets kühner, doch das spornt nur an
Die Lust, beim Schreien Ihr dann zuzuhörn.
(zu Leia:) Prinzessin, noch vor Eurer Hinrichtung
Lad ich Euch ein zu einem Augenblick
Voll Glanz und Gloria. Bei dieser prächtigen

Zeremonie wird diese Kampfstation
Der Galaxis gleich ihre Stärke zeigen.
Danach stellt sich ganz sicher niemand mehr
Gegen den Imperator.

LEIA

Ihr irrt euch!
Denn je fester Euer Griff wird sein, je
Mehr Systeme sich sogleich befrein.

TARKIN

Nein.
Nicht, nachdem diese Galaxis erkennt
Die Macht, die diese Kampfstation besitzt.
Doch nun zum Spaß: Das Ziel habt Ihr bestimmt
Für unsre erste Machtdemonstration,
Den Planeten, der gleich vernichtet wird.
(beiseite:) Nun ramm ich ihr den Speer tief in die Brust
Und seh mit Freude, wie der Schmerz sie packt.
(zu Leia:) Da Ihr Euch standhaft weigert, das Versteck
Der verborgenen Basis kundzutun,
Entfessle ich die Kraft dieser Station
Auf Eurer Heimat – Eurem Alderaan.

LEIA

Nein, tut Ihm nichts, dem friedlich Alderaan!

TARKIN

Ein militärisch Ziel benennt uns dann
Und gebt uns auch den Namen des Systems.
Sonst wird gleich Alderaan zugrunde gehn.
Das stete Fragen hab ich gründlich satt,
Drum seid zum allerletzten Mal gefragt:
Wo sind die Rebellen?

LEIA

Auf Dantooine.
Ihr werdet sie finden auf Dantooine.

TARKIN

Ha, ha! Da seht Ihr, Vader, wie man zieht
Der Katze ihre Krallen. Admiral,
Fahrt ungehindert fort mit eurem Test,
Und feuert dann sogleich, wenn ihr bereit.

LEIA

Welch Raserei?!

TARKIN

Wie arglos Ihr doch seid.
Das kleine Dantooine ist zu weit weg
Für ein Exempel, doch seid unbesorgt,
Eure Rebellenfreunde folgen noch.

CHOR

Was Tarkin sagt, wird schleunigst umgesetzt,
Darauf schießt gleich ein mächt'ger Blitz durchs All.
Prinzessin Leias Aug, tränenbenetzt,
Sieht Alderaan zerbersten mit 'nem Knall!

LEIA

(singt:) Als Alderaan noch in Blüte stand,
Sangen wir Lieder, juchheissassa,
Doch wurde der Tag heut zur tiefsten Nacht,
Ich singe nur hey und ach leider.
Mein Freund und ich, wir standen am Fluss,
Und sangen Lieder, juchheissassa,
Doch seine Seele konnte ich nicht erlösen,
Drum sing ich nur hey und ach leider.
Mein Planet, der hatte den schönsten Strand,
Drum sangen wir Lieder, juchheissassa,

Dies edle Land, es ist nun nicht mehr,
Drum sing ich nur hey und ach leider.
Drum sing ich nur hey und ach leider.

(Sie gehen ab.)

SECHSTE SZENE

Weltall, an Bord des Millennium Falken.
(Obi-Wan, Luke, C-3PO, R2-D2 und Chewbacca treten auf.)

CHOR

Als Alderaan zerbirst, mit großem Krach,
Übt Luke mit seinem Lichtschwert – unberührt.
Der Wookiee spielt mit den Droiden Schach,
Die graus'ge Tat nur Obi-Wan verspürt.

OBI-WAN

(beiseite:) Es bricht mein Herz, die Macht, sie lässt mich spürn
Unzähl'ge Seelen, die in großer Pein.
Der Menschheit ganzer Jammer fasst mich an.
Doch weiß ich nicht, was es bedeuten soll.
Das Schlimmste fürchte ich.

LUKE

Wie geht es Euch?

OBI-WAN

Wahrlich, eine Erschütterung der Macht
Hab ich gespürt. Als ob eine Million
Aufschrien in Panik und dann verstummt sind,
Der Rest ist Schweigen – bis zum Ende still.
Mich dünkt, etwas Furchtbares ist geschehn.
Du aber, Luke, üb eifrig weiter nun.

(Han tritt auf.)

HAN

All Eure Sorgen, sie sind nun vorbei,
Unsre Verfolger, sie sind abgehängt.
(beiseite:) Mir scheint, es ist ein ernster Augenblick,
Denn ich vermiss den angemessnen Dank.
(zu Obi-Wan und Luke:) Nun dankt mir bloß nicht alle auf einmal,
Sonst steigt mir Euer Lob zu schnell zu Kopf.
Die Sache ist: Wir werden Alderaan
Erreichen bald.

(R2-D2 macht einen Zug gegen Chewbacca in dem Spiel, das sie spielen.)

C-3PO

R2, spiel mit Bedacht.

R2-D2

Biep miep tawieb fieb huu twiep mieb wieb.

CHEWBACCA

Auugh!

C-3PO

Der Zug war redlich, du wandelnder Pelz.
Es bringt nun nichts, den Verlust zu beschrein.
(beiseite:) Wie gerieten wir denn bloß hier hinein?
Ein Wookiee und sein Schmugglerkäpten!

CHEWBACCA

Egh.

HAN

Obacht, Droide, bei dem, was du tust.
Es heißt: Vor Schwarzen Löchern fürchte dich,
Doch fürchte mehr noch eines Wookiees Zorn.

C-3PO

Nun, Sir, kein Sprichwort warnt die Galaxie
Vor des Droiden unheilvollem Zorn.

HAN

Ja, Teufel auch, riss ein Droide je
Eines anderen Arm aus dem Gelenk
Aus Anlass nichtiger als diesem hier.
Wookiees, mein güldner Freund, sind nicht so zahm.

C-3PO

Dies Wort trifft meinen Schaltkreis fest und hart.
Statt eines Weisen spiele jetzt den Narr,
Kurzum: Lass den Wookiee gewinnen!

CHEWBACCA

Auugh!

R2-D2

(beiseite:) Rohling! Den Narren spiele ich ab jetzt.

(Luke fährt mit seinen Übungen mit dem Lichtschwert fort.)

OBI-WAN

Und denk daran, o Luke, die Macht ist stets
in sanftem Fluss in eines Jedi Herz.

LUKE

Das heißt, die Macht führt stetig meine Hand?

OBI-WAN

Durchaus, doch junger Luke, die Macht folgt auch
Jedem Befehl, der ihr von dir erteilt.

LUKE

(beiseite:) Die Macht ist seltsam, unverständlich auch!
Sie herrscht und sie gehorcht – und das zugleich.
Sowohl in mir als außerhalb ist sie.
Welch Paradox! Welch flatterhafte Kraft!
Ja: Schwachheit, dein Name ist – scheinbar – Macht.
(zu Obi-Wan:) Schon wieder hat die Drohne mich erwischt!

HAN

Ha, ha! Dein irrig Glaubenssystem, die
Antiquierte Waffe und die Religion,
Die Roben und Gedanken an die Luft,
Dein Aberglaube an die kostbar Macht
Sind kein Vergleich zu meiner Religion:
Die Laserkanone an meiner Seit.
Sie ist Gebet mir und der Seele Schutz.

LUKE

Ein Jüngling und ergeben musst du sein,
Nun sage mir, du Wandrer ehrfurchtsvoll:
Zweifelst wahrhaftig du so an der Macht?

HAN

Wanderer, gut gesagt! Denn ich bin von
Galaxis zu Galaxis und hinaus,
Doch niemals hat der Adorant etwas
Gefunden, das den Glauben ihm empfiehlt
An eine Macht, die bindet unser All.
Drum stimmt es wohl, dass keine Macht bestimmt
Han Solos unbestimmte Bestimmung.
Ich predige die wahre Religion:
All meine Tricks sind meine Götter mir,
Und Unsinn ist das einz'ge Testament.
Drum opfer ich an meines Willen Schrein.

OBI-WAN

(beiseite:) Ein weiser Mann, wenn je es einen gab.
Doch hält sein wahres Wesen er zurück.
(zu Luke:) Versuche es erneut, aber vergiss
Dein eignes Selbst. Nimm hier nun diesen Helm,
Und deck die Augen mit dem Silberschild,
Vertraue nur der Führung des Gefühls.

LUKE

Das ist gewiss ein Scherz! Denn mit dem Helm
Kann ich nichts sehn. Und kämpfen sicher nicht!
Nicht kämpfen, nicht gehn und nicht einmal stehn?
Nur sehr wenig kann man tun ohne Sicht.

OBI-WAN

Erst wenn man blind ist, sieht man wirklich recht.
Die Augen täuschen, traue ihnen nicht.
Lass dich von deinen Gefühlen leiten!

CHOR
Den Kampf erwartet Luke voll innrer Qual,
Schnell weicht die Drohne, schießt und bleibt dann stehn,
Jetzt blockt er ruhig und sicher ihren Strahl,
Die Macht lässt ihn mit innrem Auge sehn.

OBI-WAN
Hurra! Du kannst es tun!

HAN
Glück bloß, mehr nicht.

OBI-WAN
Erfahrung hat sehr vieles mich gelehrt,
Jedoch so was wie Glück, ich kenn es nicht.
Doch gibts mehr Ding im Himmel und auf Erden,
Als eure Schulweisheit sich träumen lässt.

HAN
Gegen so ’n kleines Spielzeug zu bestehn,
Ist gut und braucht Geschick, das geb ich zu.
Doch gegen einen echten Menschen gar
Bedarf es dann doch der Vortrefflichkeit.
(Die Konsole piept.)
Es scheint, wir nähern uns nun Alderaan.

(Han und Chewbacca gehen ab.)

LUKE
Ich habe was gespürt, o Obi-Wan,
Mein Innres schien die Drohne gar zu sehn.

OBI-WAN
Schien, mein Junge? Nein, du sahst! Sein statt Schein.
Das war dein erster Schritt in eine Welt,
Die größer ist, als du ermessen kannst.

(Luke, C-3PO und R2-D2 gehen ab.)

Die Macht, sie wirkt jetzt stark schon auf ihn ein,
Ich glaub, er wird recht bald ein Jedi sein.

(Obi-Wan geht ab.)

SIEBTE SZENE

Im Inneren des Todessterns.
(Vader und Tarkin treten auf. Gegenüber tritt Cass auf.)

CASS

Mein Lord, die Späher sind bei Dantooine
Und fanden dort nur Reste der Rebellen.
Der Stützpunkt war verlassen schon recht lang.
Nun durchforsten sie ein jedes System
Und suchen in der Nähe nach der Basis.

(Cass geht ab.)

TARKIN

Gelogen hat sie, hinterlist'ges Weib!
Verschlagne Prinzessin, höchst abgefeimt!

VADER

Mir war ganz klar, dass sie niemals verrät
Die Rebellion, die ihr so kostbar ist.
Drum sprach ich doch: Ihr dürft ihr nicht vertraun.

TARKIN

Jetzt stirbt sie voller Schmerz und Graun.

(Sie gehen ab.)

ACHTE SZENE

Weltall, an Bord des Millennium Falken.
(Han und Chewbacca treten auf.)

HAN
Wir verlassen die Lichtgeschwindigkeit
Und betreten jetzt den Bereich, in dem
Gleich Alderaan zu sehn sein wird. Da seht!
Doch halt, welch Irrsinn trifft des Falken Flug?
Ist vor uns ein Asteroidenfeld?
Der eingeschlagne Kurs, er ist korrekt,
Und doch ist Alderaan nicht hier zu sehn.
Von großem Übel dieses Omen ist!
Was soll geschehn mit jenen, die auf Sterne
Wetten, wenn plötzlich die Planeten fort.

(Obi-Wan und Luke treten auf.)

LUKE
Was gibt es, Han?

HAN
Wir sind am Ziel. Doch ist
Das Ziel nicht hier. Kein Alderaan zu sehn.

LUKE
Den Teufel auch, du redest wirr. Wie soll
Denn ein Planet vom Himmelszelt verschwinden?

HAN
Vortrefflich beschrieben, denn er ist nicht
Hier. Nur Asche und Steine sind noch da.

LUKE
Das kann nicht sein. Denn wie? Sag, wie soll's sein?

OBI-WAN

Zerstört vom grausamen Imperium.

HAN

'ne Million Schiffe, die reichen nicht aus,
Um einen Planeten so zu zerstörn.
So etwas hat die Menschheit nie gesehn.
Doch still! Ein andres Schiff kommt schnell herbei.

(Ein kleines Schiff fliegt rasch am Millennium Falken vorbei.)

LUKE

Vielleicht wissen sie dort, was hier geschehn.

OBI-WAN

Ein imperiales Schiff.

LUKE

Ist's uns gefolgt?

OBI-WAN

O nein, es ist ein Kurzstreckenjäger.
Zu denken gibt mir unsre Lage sehr.

HAN

Doch hier ist keine Basis weit und breit.
(beiseite:) Der Mut in mir, er schwindet jetzt dahin.
Ich kann dies Rätsel mir auch nicht erklärn.

LUKE

Das Schiff verschwindet rasch! Wenn sie uns doch
Erkannt haben, so kommt es gleich zum Kampf.

HAN

Vor diesem Schicksal werd ich uns bewahrn.
Chewbacca, blockier seinen Funkverkehr.

OBI-WAN
Nein, halt, denn er ist jetzt schon zu weit weg.

HAN
Nicht lang!

OBI-WAN
Ein Jäger dieser Größ so tief
Im Raum, kann nicht allein gekommen sein?

LUKE
Von seinem Geschwader hat er sich gelöst,
Drum ist er allein und irrt hier umher.

HAN
Ich halt ihn auf, bevor er's melden kann.

LUKE
Seht nur, er fliegt zu diesem kleinen Mond.

HAN
Ich setze ihn schachmatt, bevor er's schafft.

OBI-WAN
Mir scheint, wir sind in diesem Spiel die Bauern.
Ein Mond? Nein, eine Raumstation ist das.

(Der Todesstern zieht in der Entfernung herauf, größer werdend.)

HAN
Das ist zu groß für eine Raumstation.

LUKE
Ein Gefühl steigt auf, ich spüre es gut!
Es sagt mir, wir werden dies Spiel verliern.

OBI-WAN

Ich bitt dich, dreh dein Schiff jetzt um.

HAN

Ich tu's!
Start schnell die Hilfstriebwerke, Chewie, los!

LUKE

Wir nähern uns noch? Was lässt sich da tun?

HAN

Das ist ein Fangstrahl! Da kann ich nichts tun.
Sie ziehn uns jetzt in ihre Landebucht.

LUKE

Du kannst nichts tun, kennst du denn keinen Trick?

HAN

Nein, meine Züge sind vergebens jetzt.
Drum schalt ich ab, denn sonst zerbricht das Schiff.
Doch werden sie mich dort gleich kämpfen sehn.

OBI-WAN

Da wirst du hier verliern, doch kenne ich
Alternativen zum direkten Kampf.

CHOR

Der Falke wird in die Station gezogen
Von einer unsichtbaren, starken Kraft.
Gerade noch sind sie im All geflogen,
Han wollte umdrehn, hat es nicht geschafft.
Man sieht den Todesstern in Aufruhr jetzt!
Sieht Kommandeure, die Befehle schrein,
Sieht auch, wie manch bewaffnet Truppler hetzt.
Ein jeder nimmt schnell seinen Posten ein.

(Sie gehen ab.)

VIERTER
AUFZUG

ERSTE SZENE

Im Inneren des Todessterns.

(Vader, Tarkin und ein Bote treten auf.)

BOTE

Ein Frachter ward gefangen auf dem Weg
Nach Alderaan. Die Kennung, sie entspricht
'nem Schiff, das aus Mos Eisley uns entkam.

VADER

Das Schiff, es ist wohl hier für den Versuch,
Die Pläne der Prinzessin zu bringen,
Die hier bei uns in einer Zelle sitzt.
(zu Tarkin:) Vielleicht ist die Prinzessin noch von Wert.

(Tarkin geht ab. Vader geht hinüber zum Schiff.)
(Offizier 1, Sturmtruppen und Wachen 1 und 2 treten auf.)

OFFIZIER 1

An Bord des Schiffs sind keine Menschen, Lord.
Im Logbuch steht jedoch geschrieben, dass
Die ganze Crew das Schiff verlassen hat –
Direkt nach dem Abflug. Es scheint daher
Ein Täuschungsmanöver zu sein, denn auch
Die Rettungskapseln sind fort.

VADER

Sag eines
Noch: Fand man denn Droiden in dem Schiff?

OFFIZIER 1

Nein, mein Lord. Wenn in dem Schiff denn welche
Waren, dann sind sie wohl auch entflohen.

VADER

Dann sendet einen Spürtrupp in das Schiff,
durchsucht mir jeden Winkel, jedes Stück.

OFFIZIER 1

Jawohl, mein Lord.

VADER

(beiseite:) Mein Geist ist abgelenkt,
Doch seh ich durch den Nebel noch den Grund.
Sofern dies nicht ein Irrtum ist, so spür
Ich 'ne Präsenz, die früher ich gekannt –
In einer Zeit, an die ich kaum noch denke.
Ich kannte die Präsenz seit jungen Jahren.
Ich nannte die Präsenz einst engsten Freund.
Doch dann verriet sie mich, diese Präsenz,
Und machte meinen Tag zur tiefen Nacht.
Die schreckliche Präsenz, sie ist nun hier.
So werd' ich der Präsenz im wilden Kampf
Entgegentreten.

(Vader geht ab.)

OFFIZIER 1

Jetzt los! Durchsucht das Schiff!

TRUPPLER 5

Durchsucht ist alles; keine Seele hier.

(Sturmtruppen gehen ab.)
(Obi-Wan, Luke, Han, Chewbacca, C-3PO und R2-D2 treten auf, versteckt.)

LUKE
Welch Glück, dass du diese Verschläge hast.

HAN
Bisher hab ich zum Schmuggeln sie benutzt.
Nie hätte ich gedacht, dass ich mich selbst
Darin mal schmuggeln werd. Zum Lachen ist's.
Ich kann das Schiff nicht starten, denn dann packt
Der Fangstrahl uns mit seinen Adlerklauen.

OBI-WAN
Den Fangstrahl lasst nur meine Sorge sein.

HAN
Welch Tor, ich wusste, dass er so was sagt.

OBI-WAN
Ein Tor, mein werter Han, das bin ich wohl.
Doch wenn's so ist, bedenke bitte das:
Ein Tor lebt gern bei seinesgleichen, und
Wenn ich ein Tor bin, ist es vielleicht wahr,
Dass andre Toren in der Nähe sind.
Doch wer ist dann der größte aller Tor'n?
Der erste Tor oder der, der ihm folgt?

(Sie verstecken sich. Wachen 1 und 2 warten. Die Suchmannschaft betritt das Schiff und wird von Obi-Wan, Luke, Han und Chewbacca überwältigt.)

WACHE 1
Still! Hast du das gehört?

WACHE 2
Was denn gehört?

WACHE 1
Doch, wirklich, ich hab ein Geräusch gehört.

WACHE 2
Dein Ohr spielt dir ganz sicher einen Streich.

WACHE 1
Nein, nein. Hältst du es denn für seltsam nicht?

WACHE 2
Für seltsam halt ich nur, was du grad sprichst.

WACHE 1
Nein, seltsam ist viel mehr, das glaube mir.
Dass von ’nem Schiff, das wir grad angegriffen,
Droiden flohen, denn das stimmt doch so?
In einer Rettungskapsel. Stimmt doch so?

WACHE 2
Ja, ja, es stimmt. Ich sag nicht, es sei falsch.

WACHE 1
Auf Tatooine, da wurden sie entdeckt,
Bei Jawas und bei Menschen …

WACHE 2
… die jetzt tot.

WACHE 1
Ja, tot sind sie durch unsrer Truppen Schlag.
Der Junge, der mit ihnen lebte dort,
Verschwand erst, doch dann taucht’ er wieder auf
Mit den Droiden auf Mos Eisley. So
War es doch gewesen. Das stimmt doch so?

WACHE 2

Ja, ja, es stimmt, so stand es im Bericht.
Und weiter? Wann kommt endlich deiner Rede
Witz? Wo ist dein Punkt? Was willst du sagen?

WACHE 1

Droiden und Junge verschwanden dann,
Als dieses Schiff – genau dies Schiff – abflog.
Und nun ist dies Schiff hier, anscheinend leer.

WACHE 2

Es ist leer! Das Sondierungsteam hat das
Geprüft. Und darauf können wir vertraun.

WACHE 1

Was mich zum Anfang bringt von meiner Rede
Und gleichsam auch ihr Ende ist. Merk auf!
Ich hörte dies Geräusch. Kann's möglich sein,
Dass die Rebellen und dazu die drei
In diesem Raumschiff sich verstecken? Ich denk,
Dass sie hier vor uns stehn.

WACHE 2

Ich bin erstaunt!

WACHE 1

Ja, wirklich? Meinst du etwa, ich hab recht?

WACHE 2

Ich sagt, ich sei erstaunt, und das ist so.
Ich sagte nicht: »Ich denke, du hast recht.«
Von deinen Gedanken bin ich erstaunt!
Droiden im Innern? Der Bub versteckt?
Hinfort, törichte Wache, sei nicht dumm.
Die Fantasie, die dir zu eigen ist,
Hat völlig deinen Geist dir überdreht.

Denkst du denn etwa wirklich, dein Verstand
Ist weiter als das Wissen unsrer Herrn?
Für schlauer als Darth Vader hältst du dich?
Oder viel klüger gar als Tarkin selbst?
Wir sind bloß Wachen, unsre Pflichten hier
Sind simpel, und jetzt komm ich auf den Punkt:
Der Auftrag, den wir haben, ist ganz klar:
Bewacht das Schiff, schwatzt nicht und denkt nicht nach.
Von Hirngespinsten nie die Rede war.

WACHE 1
Du sprichst ein großes Wort gelassen aus.
Du bist ein Freund, wie keinen ich sonst kenn,
Und du sprichst wahr und hast mich so beruhigt.
Rebellen im Schiff. O welch schaler Witz!
Als kämen je sie in den Todesstern.

WACHE 2
Erfreut, dich wiederhergestellt zu sehn
Zu deinem heitren, ursprünglichen Selbst.

HAN
(im Inneren:) Ich bräuchte hier ’ne Hand, die helfen kann!

WACHE 1
(zu Wache 2:) Komm, gehn wir zu ihm rein, mein Freund.
⌊Wohlan!

(Wachen 1 und 2 betreten das Schiff und werden getötet.)
(Die anderen gehen ab.)

ZWEITE SZENE

Im Innern des Todessterns.
(Offiziere 2 und 3 treten auf.)

OFFIZIER 2

Sagt, TK-241, wieso verlasst
Ihr Euren Posten? TK-241,
Könnt ihr mich hören? *(zu Offizier 3:)* Mach du weiter hier.
Ein Funkgerät ist wohl defekt. Ich seh
Mal nach, vielleicht kann ich ihm helfen.

(Obi-Wan Kenobi, C-3PO, R2-D2 und Chewbacca treten auf mit Han und Luke, verkleidet als Sturmtruppen, sie töten Offiziere 2 und 3.)

CHOR

Die Tür geht auf. Gebrüll! Und Schüsse fallen,
Die Offiziere wehren sich und sterben.
Den Krach hört man durch alle Gänge hallen.
Der kurze Kampf bringt Sieg und auch Verderben.
In Sicherheit sind unsre Helden jetzt,
Der Plan zur Rettung wird jetzt umgesetzt.

CHEWBACCA

Auugh!

LUKE

Pfui! Mit all dem Gebrülle und Krach
Und dem Geballre ist's ein Wunder gar,
Dass nicht ein jeder hier schon weiß, dass wir
Uns hier befinden.

HAN

Ich fürchte keinen
Kampf. Ich zieh ihn gar dem Schleichen und dem
Flüstern vor.

R2-D2

Tawüp tüdellüdellüp.

C-3PO

Hier ist der Hauptanschluss für dies System.
(beiseite:) O dass dies nur beendet ihr Gezänk.

OBI-WAN

Gut! Dann kann R2 im Netzwerk suchen
Und findet sicher auch den Ort, der den
Fangstrahl mit Energie versorgt.

R2-D2

Twiep wiep!
Huu-wiep wiep-wa miep piep biep twie miep miep.

C-3PO

Er hat die Hauptsteuerung für den Strahl,
Der unser Schiff hier festhält, schon gefunden.
Nur ein kurzer Moment, und er zeigt an,
Wo genau der Standort sich befindet.
An sieben Stellen ist dieser Fangstrahl
Verbunden mit dem Hauptreaktor, doch
Ein Stromausfall an einem Terminal
Befreit bereits den schnellen Falken schon.

OBI-WAN

(beiseite:) Die Sieben ist die Zahl der Freiheit dann,
Doch brauchen wir nur eine von den sieben.
Mir deucht, dass die Zahl Sieben und die Eins
Wohl Omen sind für die Gefahr. Weshalb?
Wir sind nur sechs Gefährten, und sofern
Kein andrer zu uns kommt, bleibt das auch so.
Doch käme einer, wärn wir sieben. Warum
Die Eins? Das will mir sicher etwas sagen.
Seltsam fegt der Gedanke durch den Kopf,
Und durch die Macht beschleicht mich das Gefühl,
Dass wenn der Abflug naht, wir sieben sind.
Ein Opfer bleibt jedoch zurück – nur eins.
So scheint es, dass die Sieben und die Eins
Die Zahlen sind, die die Geschicht erzählen
(zu Luke und Han:) Ich geh allein, denn ihr könnt da nichts tun.

HAN

Ja, gut! Was Ihr da sagt, kommt mir entgegen,
Denn, meiner Treu, ich habe schon genug
Getan für meinen ausgemachten Lohn.

LUKE

Ich komme mit Euch, Sir.

OBI-WAN

Hab Geduld, Luke,
Sorg du für der Droiden sichren Weg
Und dass zu unsren Freunden sie gelangen.
Das ist sehr wichtig, denk bitte daran,
Sonst enden andere wie Alderaan.
Dir ist ein andrer Weg bestimmt als mir.
Die Macht wird immer mit dir sein, o Luke.

(Obi-Wan geht ab.)

LUKE
(beiseite:) Der Jedi Segen erteilte er mir,
Wieso verlässt mich dann so sehr der Mut?

CHEWBACCA
Grrrrra!

HAN
Gut gebrüllt, Wookiee! Wo kann man denn
Um alles in der Welt so ein Fossil
Nur finden?

LUKE
Ben ist ein großer Mann.

HAN
Ja,
Besonders groß ist er darin, uns all'
Mit Schwierigkeiten zu versorgen.

LUKE
Ach,
Ja. Und du? Wodurch hilfst du uns denn? Wo
Ist dein Plan, wie soll die Flucht gelingen?

HAN
Glaub mir, mein Junge, jeder Plan ist besser,
Der nicht aus Warten auf den Feind besteht.
Die Weisheit muss nicht ausgezeichnet sein,
Die sieht, dass dieses Wort die Wahrheit ist.

R2-D2
(beiseite:) Mein Gott, ich unterbrech nun dies Gezänk
Mit Information. *(zu Han und Luke:)* Huuwiet biep miep wiiie!

LUKE
Was will uns diese Pieperei denn sagen?

C-3PO
Ich muss gestehn, ich weiß es nicht. Er hat
Erklärt, dass er sie gefunden hat, und
Erneut: »Sie ist hier.«

LUKE
Doch zum Teufel, wer?

C-3PO
Prinzessin Leia.

LUKE
Die Prinzessin? Hier?
(beiseite:) Mein Blut, jetzt wallt es wieder in mir auf.

HAN
Welche »Prinzessin«?

LUKE
Wo, Droide? Wo?

HAN
Prinzessin? Nun enthülle, was du meinst.

R2-D2
Biep twawiep biep biep miep twiep biep miep huu.

C-3PO
Prinzessin Leia ist auf Ebne 5,
Im Zellenblock AA-23 ist sie.

R2-D2

(beiseite:) O weh! Diese Entdeckung schreckt mich auf.
Und wird wohl auch die anderen erschüttern.
(zu Han und Luke:) Miep miep wa biep miep twatwiep
⌊biep wa niiiee.

C-3PO

Ich fürchte nur, die Kunde ist nicht gut,
Da die Prinzessin hingerichtet wird.

LUKE

Nein, nein! Kaum getroffen hab ich sie, und
Schon ist sie verlorn! Wir müssen handeln!

HAN

Sag, wovon plapperst du die ganze Zeit?

LUKE

(beiseite:) O mit Worten lässt sich nicht beschreiben
Die Bedeutung der rätselhaften Frau
Für mich? *(zu Han:)* Diese Droiden gehörn ihr,
Und eine Botschaft hat sie auch gesandt!
Ich sehe, dir erschließt sich all das nicht.
Das, was ich weiß, ist, dass sie Hilfe braucht
In jedem auch nur erdenklichen Maß!

HAN

Sprich nicht so voller Irrsinn! Obi-Wan
Hat uns gesagt, wir sollen bleiben. Drum
Bleib ich auch.

LUKE

Doch wusst er da noch nicht, was
Wir jetzt wissen. *(zu C-3PO:)* Nun sag du mir, wie wir
Den Weg zu ihrem Zellenblock wohl finden.

HAN

Ich sag es gerne deutlich noch einmal:
Die Pflicht, sie bindet uns an diesen Ort.
Und auch wenn die Prinzessin ist da drin,
Ich sag es klar: Ich gehe nicht dorthin.

LUKE

Man richtet sie dann hin! Du hast doch grad
Gesagt, dass du nicht warten willst,
Damit sie uns hier nicht erwischen. Du warst
Zum Handeln eben noch bereit. Und jetzt?

HAN

Zum Zellenblock zu gehn ist mehr als dumm!
Uns der Gefahr zu nähern noch viel dümmer!
Und Irrsinn ist's, dorthin zu gehn, wo nie
Ein Mensch zuvor gewesen ist!

LUKE

Hast du
Kein Herz? Sie werden sie doch töten!

HAN

Mein
Urteil, das ist klar: lieber sie als mich.

LUKE

(beiseite:) Wie erreg ich ein Herz, das wohl nicht liebt,
Wie einen Mann, der dem Verstand nur folgt?
Er hat die Dringlichkeit in ihren Augen
Nicht gesehn. Das Zittern ihrer Stimme
Nicht gehört. Ihr Bitten hat er auch noch
Nie vernommen. Doch ohne seine Hilf
Würd ich ganz sicher scheitern. Doch was jetzt?
Ich weiß, dass hinter seiner äußren Schicht

'ne gute, edle Seele sich verbirgt.
Doch wie bring ich sie bloß zum Vorschein nur?
Womit kann ich ihn überreden nur?
Beru, sie hat mir stets erzählt, dass man
Als man die Kessel-Minen ausgrub, dort
Die schönsten Perlen fand, die je gefunden.
Doch saßen die im Fels so fest, dass man
Sie leicht nicht lösen konnte. Drum schuf man
Sich ein neues, nützlich Werkzeug. Dies zog
Die Perlen wie von selbst heraus. So leicht,
Als wär Magie im Spiel. Man taufte dies
Verfahren dann die Hammer-List. Und ich
Schaff mir ein Werkzeug nun, dass Han mit List
Ganz leicht zum Handeln überredet. Er
Wird, durch mich geführt, zu guten Taten
Schreiten. Das geht ganz leicht, das weiß ich jetzt.
So wird die Perle, die da in ihm wohnt,
Von mir ans Tageslicht gefördert werden.
(zu Han:) Ich sag dir: Diese Lady ist sehr reich.

CHEWBACCA
Egh, auugh!

HAN
Reich, sagst du?

LUKE
Reich und auch mächtig.
Wenn du sie rettest, wär dein Lohn …

HAN
Was nun?

LUKE
Nun, mehr, sag ich, als du dir denken kannst.

HAN
Du scherzt, denn grenzenlos ist das, was ich
Mit meiner Fantasie mir schaffe.

LUKE
Und du
Bekommst es auch.

HAN
Das sollt ich auch!

LUKE
Das wirst
Du auch!

HAN
Der Worte sind genug gewechselt,
Ich bin dabei. Doch hoff ich sehr, dass
Du auch weißt, wovon du hier grad sprichst.

LUKE
Doch!

HAN
Dein Plan?

LUKE
C-3PO, gib mir die Handschellen.
(zu Chewbacca:) Nun Wookiee, diese zieh ich dir jetzt an.

CHEWBACCA
Rraaa!

LUKE

Han, ich glaub, das machst wohl besser du.

(Han Solo fesselt Chewbacca.)

HAN

Ganz ruhig, Chewie, sein Plan wird mir jetzt klar.

C-3PO

O Master Luke, vergebt die Frage mir:
Wenn man uns hier entdeckt, was solln wir tun?

LUKE

Verschließt die Tür.

HAN

Und hofft, dass sie dann nicht
Mit Laserwaffen kommen.

C-3PO

(zur Seite zu R2-D2:) O weh! O weh!

(C-3PO und R2-D2 gehen ab,
während Han, Luke und Chewbacca
zum Zellenblock gehen.)

CHOR

Es ist so weit, dass Chewie, Luke und Han
Zum Zelltrakt ihre Schritte langsam lenken.
Mit Heldenmut machen sie sich daran,
Die Freiheit der Prinzessin dort zu schenken.
Der Weg zur Zelle ist gar kein Problem,
Da jeder Han und Luke für Truppler hält.
Dem Wookiee sind die Fesseln unbequem,
Im Aufzug sind sie, der nach oben schnellt.
Der edle Obi-Wan, er sucht inzwischen
Den Fangstrahl, um ihn heimlich abzuschalten.
Dabei sollt man ihn besser nicht erwischen,
Sonst fehlt der Plan, und alles bleibt beim Alten.
Der Macht vertraut er, die ihn sicher führt,
Die Macht ist's auch, durch die ihn Vader spürt.

HAN

Es wird nicht funktioniern.

LUKE

Wieso hast du
Das vorher nicht gesagt?

HAN

Das habe ich!

(Luke, Han Solo und Chewbacca treten auf im Zellenblock mit Offizier 4 und Soldaten.)

OFFIZIER 4

Himmel, wo wollt Ihr hin mit diesem Ding?

LUKE

Der Häftling hier wird transferiert. Er kommt
aus Zelle 1–1–3–8.

OFFIZIER 4

Das ist mir nicht
Bekannt. Ich frag wohl besser nach.

(Soldaten nähern sich.)

CHEWBACCA

Auugh! Rrrrrah!

HAN

Sei du nur flink und unbarmherzig, Luke!

(Han, Luke und Chewbacca töten Offizier 4 und die Soldaten.)

CHOR

Die Blaster krachen, Feinde hört man schreien,
Die Freud über den Sieg ist kurz und prompt.
Jetzt gilt es, die Prinzessin zu befreien.
Sie wissen nicht, welch wilder Kampf gleich kommt.

HAN

Dann sehn wir mal, wo die Prinzessin steckt …
Hier steht in Zelle 2–1–8–7.
Los, Junge, geh schnell hin! Ich halt sie auf.
(ins Komlink:) Macht euch keine Sorgen, Kameraden!
Die Lage ist unter Kontrolle hier.
Alles in Ordnung hier im Zellenblock!

OFFIZIER 1

(durchs Komlink:) Was ist denn geschehn?

HAN

Nicht so wichtig, Sir.
'ne Fehlfunktion der Waffen war es nur.
Doch alles ist jetzt gut, uns geht es gut.
Und den Gefangnen bei uns geht's auch gut,
Gut, sehr gut. Und bei Euch? Geht's Euch auch gut?

OFFIZIER 1

(durchs Komlink:) Zwecks Überprüfung kommt
⌊sogleich ein Trupp.

HAN

Nein, bleibt besser weg. Wir haben hier ein
Großes Leck in 'nem Reaktor. Kommt nicht.
Wir kümmern uns darum, doch gebt uns Zeit.
Das Leck ist groß, gefährlich sieht es aus,
Doch keine Sorge, hier ist alles gut!

OFFIZIER 1

(durchs Komlink:) Wer spricht dort, wie ist Ihre Dienstnummer?

(Han zerschießt das Komlink.)

HAN

Ermüdet hat mich dies Gespräch gar sehr.
Luke, sei bereit, wir kriegen gleich Besuch!

(Luke betritt Leias Kammer an der Seite.)

LEIA

Das muss ein Witz sein, denn Ihr seid zu klein.
Ihr könnt nicht wirklich schon ein Truppler sein?
Werden die Sturmtruppen denn jetzt geschrumpft?
Die bösen Tricks, sie werden immer größer,
Doch die Soldaten werden scheinbar klein.

LUKE

(beiseite:) Mein erster Auftritt war ihr wohl zu kurz.
Sie sieht die Uniform nur, nicht den Mann.
(zieht Helm ab, zu Leia:) Ich bin Luke Skywalker. Bin hier, um Sie
Zu retten. R2 und Ben Kenobi sind
Bei mir.

LEIA

Kenobi sagt ihr? Wo ist er?
Sagt, wo kann ich ihn und R2 finden?

LUKE

Folgt mir und lasst uns besser schnell verschwinden.

(Sie gehen ab.)

DRITTE SZENE

Im Innern des Todessterns.
(Vader und Tarkin treten auf.)

VADER

Ich sage Euch: Er ist hier.

TARKIN

Obi-Wan
Kenobi? Weshalb genau denkt Ihr das?

VADER

Ein Beben in der Macht hat mich geführt,
Das ich zum letzten Mal in Gegenwart
Von meinem alten Meister hab gespürt.

TARKIN
Er müsste doch inzwischen tot sein.

VADER
Die Macht solltet ihr niemals unterschätzen.

TARKIN
Die Jedi sind nicht mehr, und ihre Macht
Schwand aus dem Universum. Drum seid ihr
Der Rest von ihrer alten Religion.
(Komlink piept.) Was gibt es denn? Los, sprecht.

OFFIZIER 1
(durchs Komlink:) Ein Notruf kam
Soeben rein von Zelle AA-23.

TARKIN
Es ist Prinzessin Leia? Gebt Alarm
Auf jeder Station!

VADER
Obi-Wan ist hier,
Die Macht ist mit ihm.

TARKIN
Wenn Ihr recht habt, darf er
Uns nicht entkommen.

VADER
Das will er auch nicht.
Ich muss ihm allein entgegentreten.
(Tarkin geht ab.)
Ich werd ihm lehren jetzt, was ich gelernt
Von meinem neuen Meister. So kann ich

Endlich den Durst nach Rache stillen. Ich
Werd ihn schlagen, endlich triumphieren,
Wenn tot er dann vor meinen Füßen liegt.
Vor langer Zeit war er mein Freund, doch das
Ist jetzt Vergangenheit, und nichts als Hass
Ist das, was heute ich noch fühle. Doch
Schluss damit! Ich werd es gleich beenden.
Sein Maß ist voll, er ist zur Ernte reif.
Der Kampf, er soll meine Bestimmung sein
Und für ihn enden in endloser Pein.

(Vader geht ab.)

VIERTE SZENE

Im Innern des Todessterns.

(Han und Chewbacca treten auf, während Sturmtruppen eintreten und Luke und Leia an der Seite stehen.)

CHOR

Mit heft'gem Krach treffen die Truppler ein.
Sie schießen los, und Han zieht sich zurück.
Luke konnte die Prinzessin zwar befrein,
Doch jetzt wird's eng, den Helden fehlt das Glück.

HAN

Der Weg, er ist blockiert.

LEIA

Durch Narrenkunst!
Die Freiheit wurde so recht gut verbaut.

HAN

Ziehn Eure Hoheit Ihre Zelle vor?

LUKE

(ins Komlink:) C-3PO! Findest du irgendwie
'nen sichren Weg aus diesem Zellenblock?
Da unser Eingang jetzt kein Ausweg ist.

C-3PO

(durchs Komlink:) Es wurden alle Truppen alarmiert!
Der Eingang war der einz'ge Weg hinaus.
Und wo genau Ihr seid, ist jetzt geheim.
Drum kann ich's nicht erfahren, Master Luke.

LUKE

(zu Han:) Nun eins, das steht jetzt fest: Wir sitzen fest!

HAN

Für ewig aufhalten kann ich sie nicht!

LEIA

Die Rettung ist euch fabelhaft gelungen.
Habt ihr die Flucht denn vorher nicht geplant?
Ist Torheit euer Führer?

HAN

Sein Plan war's!
Drum, Süße, schimpft mit ihm und nicht mit mir.
(Leia nimmt Lukes Blaster und schießt ein Loch in die Wand.)
Welch finstrer Höllengeist hat Euch durchfahrn?

LEIA

Es ist an mir, zu retten diese Rettung.
In diesen Müllschacht folgt mir hurtig nach!

(Leia geht ab in die Schütte.)

HAN

(zu Chewbacca:) Geh da rein!

CHEWBACCA

Rauugh!

HAN

Rein da, du Fellklumpen!
Glaub mir, wie du dann stinkst, ist mir egal.
Denkst du, der Tod ist süßer im Geruch?
Jetzt spring, und hab nur keine Angst, mein Freund!
(Chewbacca geht ab in die Schütte.)
(zu Luke:) Ein Prachtmädel, das du gefunden hast!
Entweder bring ich sie jetzt um, oder
Ich werd mich noch in sie verlieben!

LUKE

(beiseite:) Glaub
Mir, Han, ob Henker oder Liebhaber,
Die Rollen passen beide nicht

HAN

Folg mir!

(Luke und Han gehen ab in die Schütte.)

CHOR

Der Schauplatz wechselt in den Abfallraum,
Wo Müll sich türmt wie auf 'nem Scheiterhaufen.
Doch neben Müll gibt's hier manch andres Graun,
Zudem ist es so voll, man kann kaum laufen.

(Han, Chewbacca, Luke und Leia treten auf in einem Müllhaufen am Fuße der Schütte.)

CHEWBACCA

Grrra!

HAN

Sagt, welch unglaublich geistreicher Mensch
Hat uns hierher gebracht? Welch betörenden
Geruch Eure Hoheit entdeckt haben.
(zu Chewbacca:) Zerschieß die Tür, ich will hier raus!

LUKE

Tu's nicht!

(Han schießt und erzeugt Querschläger.)
Du Riesentor! Willst du denn unsren Tod?
Ich hab die Tür bereits geprüft, doch sie
Ist durch Magnetkraft fest verschlossen.

LEIA

Halt!
Jetzt legt den Blaster weg, und das macht schnell,
Sonst werden wir durch Eure Hand noch sterben.

HAN

Verehrteste, eins glaubet mir. Ich hatt
Dort oben alles fest im Griff. Doch jetzt
Wird es nicht lange dauern, bis die sich
Denken, wo wir sind.

LEIA

Und dennoch sag ich:
Es könnte schlimmer sein.

(Ein lautes Geräusch ist zu hören.)

HAN

Das ist es auch.

LUKE

Ich sag euch eins: Es lebt etwas hier drin.

HAN

(beiseite:) Ich will es nicht gestehn, doch er hat recht.
(zu Luke:) Hier lebt nur deine Fantasie, mein Freund.

LUKE

Es war nicht meine Fantasie, die grad
Um meine Beine schwamm. Denn eins ist klar:
Die Fantasie hat sicher keinen Leib!
Hast du es grad gesehn? Das war wohl nicht
Ein schwimmend Hirngespinst?

HAN

Was denn gesehn?

(Luke wird von einer unsichtbaren Kraft unter Wasser gezogen.)

CHOR

Luke packt ein Wesen, zieht ihn in den Dreck.
Die Freunde können nirgendwo ihn finden.
Kein Lebenszeichen. Er ist einfach weg!
Dann sieht man ihn im Kampf sich winden,
Er keucht, ein unheilvoll Geräusch ertönt.
Dann wird er unvermittelt losgelassen.
Man hört erneut und laut, wie Eisen stöhnt.
Was dann passiert, kann keiner wirklich fassen.
Plötzlich bewegen langsam sich die Wände.
Werden sie nun zerquetscht? Ist das das Ende?

(Luke kommt an die Oberfläche.)

LEIA

Ein Wunder ist's, dass du entkommen bist!
Was ist nur dort geschehn, unter dem Dreck?

LUKE

Ich weiß es nicht. Die Kreatur, sie hat
Den Schraubstockgriff gelöst und floh sogleich.

HAN

Ein mieses Gefühl beschleicht mich jetzt grad.

LUKE

Die Wände fangen an sich zu bewegen.

LEIA

Habt keine Angst, und fürchtet euch jetzt nicht,
Erhebt euch lieber. Geht mir schnell zur Hand.
Wir müssen dieser Wände Weg ganz schnell
Stoppen.

CHEWBACCA

Groraaaaahh!

LUKE

So wartet doch, ich ruf
Sogleich die zwei Droiden. *(ins Komlink:)* C-3PO!
Sag, hörst du mich? Wo bist du denn? Los, sprich!

CHOR

Erst müssen die Droiden selbst sich retten,
Denn das ist jetzt ihr dringendstes Problem.
Sie haben Angst und sehn sich schon in Ketten,
Da Sturmtruppler grad vor der Türe stehn.
Deshalb kann Luke die beiden nicht erreichen,
Denn sein Problem muss ihrm Problem erst weichen

(C-3PO und R2-D2 treten auf an der Seite, mit Sturmtruppen.)

C-3PO

O Himmel hilf! Des Wahnsinns sind die Männer,
Die eben grad zum Zellentrakt gerannt!
Ihr könnt sie dort erwischen, wenn ihr rennt.

R2-D2

(beiseite:) Das war nicht schlecht! Und geistreich ist er auch,
Wenn stolzer Hohn nicht seinem Mund entweicht.

TRUPPLER 7

(zu den anderen Sturmtruppen:) Ich bitt euch, Kameraden, folgt mir schnell!

(Sturmtruppen gehen ab.)

CHEWBACCA

Egh.

LUKE

3PO!

HAN

Nun klettre hoch!

LEIA

Glaub mir,

Ich tu's!

LUKE

Wo ist der Schelm? C-3PO!

C-3PO

Ereilt hat sie ein übel Missgeschick.
R2, schau nach, ob sie gefangen sind.
Nun suche rasch!

R2-D2

Biep miep tawiep biep tüüüp!

HAN

Wir werden wohl bald sehr viel dünner sein.
Der Tod, er grüßt, doch bleibt mir mein Humor!

R2-D2

Biep biep.

C-3PO

Sie wurden nicht entdeckt, welch Glück!
Wo sind sie bloß?

R2-D2

Miep.

C-3PO

Nimm das Komlink? Oh!
Ich hatte es vergessen. Es war aus.
(ins Komlink:) Sprecht, seid Ihr da, Sir?

LUKE

(ins Komlink:) 3PO? Bist
Du's?

C-3PO

(ins Komlink:) Ich bin es, ja. Es gab Probleme
Hier. Kurzum, deshalb war auch das Komlink
Aus, und ich konnt euch nicht hören.

LUKE

(beiseite, ins Komlink:) Sei still!
C-3PO! Sprich nicht, schenk lieber mir
Dein Ohr! Die Müllpressen schalt ab, sofort.

In allen Zellenblocks! Mach sie schnell aus.
Hast du gehört? Sonst bin ich bald nicht mehr!

C-3PO
(beiseite, zu R2-D2:) Nein, schalt sie alle ab! Eil dich, R2!

R2-D2
Biep miep wieb miep twieb huu.

LUKE
Ahh!

HAN
Oh!

LEIA
Ahh!

CHEWBACCA
Rrrraaah!

C-3PO
Kein Herz schlägt, ach, in dieser güldnen Brust,
Nur Schaltkreise und Drähte sind darin.
Doch braucht für Trauer ich kein Herz, als ich
Des Masters graus'gen Todesschrei vernahm.
Droiden spüren Trauer auch und Angst,
Selbst Freud und Hoffnung können sie empfinden,
Und jede Emotion hab ich gefühlt,
Seit Master Luke erschien. Kein Master war
Zuvor so gut. Ich hab ihn respektiert,
Drum glaub ich, in solch furchtbar schwerer Zeit
Kennt Anstand keine Regel. Und da muss ein
Ein Protokolldroid der Tränen sich
Nicht schämen.

R2-D2

(beiseite:) Welch Unheil! O, welch Unheil!
Verwünscht sei deine Trägheit, 3PO,
Verwünscht die Suche, die uns hergeführt,
Verwünscht auch unsre Schaltkreise, sag ich!

LUKE

(ins Komlink:) Nein, keine Angst, mein Freund,
⌊wir leben noch!
Jetzt öffne nur die Druckluke, dann sind
Wir gleich bei euch.

R2-D2

(beiseite:) Wie schön, sie sind am Leben!
Durch großes Glück konnt sich das Blatt noch wenden.
Sie sind wohlauf, drum kann die Szene enden.

(Alle gehen ab.)

FÜNFTE SZENE

Im Innern des Todessterns.
(Obi-Wan tritt verstohlen auf, mit zwei Sturmtruppen.)

CHOR

Luke, Leia, Han und Chewie auf der Flucht.
Derweil hat Obi-Wan sein Ziel gefunden.
Er kappt den Fangstrahl, den er lang gesucht,
Und dank der Macht ist er dann schnell verschwunden.

TRUPPLER 8

Das Warnsignal gilt es zu überprüfen,
Drum sind wir hier, denn das ist unsre Pflicht.

TRUPPLER 9

'ne Übung ist es, sag ich, und mehr nicht.

(Sie gehen ab.)

SECHSTE SZENE

Im Innern des Todessterns.

(Luke tritt auf, einen Sturmtruppenhelm in der Hand.)

LUKE

Ach, armer Truppler, ich kannte dich nicht:
Doch nahm ich Leben dir und dazu noch
Die Uniform. Welch Art von Mann warst du?
Ein Bursche von unendlichem Humor?
Ein Mann mit Freunden und mit Kindern gar?

Ein Mann, der diente stolz als Sturmtruppler?
Ein Mann vielleicht, der sich den Frieden wünscht?
Was immer du auch warst, du bist dahin.
Verzeih mir, dass ich deinen Platz einnahm.

(Han, Chewbacca und Leia treten auf.)

HAN
Wenn wir ab jetzt auf Weibsrat ganz verzichten,
Dann schaffen wir die Flucht in einem Stück.

LUKE
Ich bin bereit, von hier schnell fortzugehn.

(Ein lautes Geräusch ertönt.)

CHEWBACCA
Auugh!

HAN
Sag, wo fliehst du hin, Wookiee? Wohin?

(Han schießt auf den Lautsprecher.)

LEIA
Bist du verrückt, man hört uns überall.

HAN
Komm, Chewie, denn sonst nenn ich feige dich.

LEIA
Benutz die Ohrn und, wenn du's hast, das Hirn:
Ich weiß zwar nicht, woher noch wer du bist,
Doch von nun an, tust du, was ich dir sag.

HAN

Ich red ganz offen jetzt, Durchlauchtigste:
Ich hab bereits ’nen Herren: Das bin ich,
Und nur von mir nehm ich Befehle an.

LEIA

Ein Wunder, dass du noch am Leben bist!
Den Bettvorleger schafft mir endlich aus
Dem Weg!

HAN

(beiseite:) Recht keck ist sie! Das spornt mich an.
Drum werd ich mir die Widerspenst’ge zähmen.
Kein andres Entgelt ist mir bessrer Lohn.
(Sie kommen zu dem Hangar, in dem der Millennium Falke festgehalten wird.)
(zu Luke, Leia und Chewbacca:)
Da ist’s.

LUKE

(ins Komlink:) C-3PO? Sag, bist du da?

C-3PO

(beiseite, ins Komlink:) Ja, Sir.

LUKE

(ins Komlink:) In Sicherheit?

C-3PO

(beiseite, ins Komlink:) Für den Moment.
Wir sind im Hangar und ganz nah beim Schiff.

LUKE

(ins Komlink:) Wir sind gleich über Euch, drum wartet dort.

LEIA

(zu Han:) Hierher geflogen bist du in dem Ding?
Dann bist du mutiger, als ich gedacht.

HAN

Ich dank euch, doch ich brauch nicht euer Lob.
Nun lasst uns gehn, wir müssen schnell zum Schiff!

CHOR

Das Schiff in Sicht, die vier in schnellem Lauf,
Treffen sie dann doch plötzlich auf den Feind.
Han nimmt mit Chewie die Verfolgung auf.
So wird getrennt, wer eben noch vereint.

HAN

(laufend:) Lauft los, ihr Freunde, wir sehn uns beim Schiff!

(Han und Chewbacca gehen ab, den Sturmtruppen hinterherjagend.)

LEIA

An Mut hat er wohl ein gerüttelt Maß!

LUKE

(beiseite:) O weh! Nun öffnet sich ihm doch ihr Herz?
(zu Leia:) Doch was bringt Mut, wenn in den Tod er führt?
Drum folgt mir, denn wir gehn den andren Weg.

CHOR

Ein jeder rennt, der Kampf ist voll im Gange.
Han war erst Jäger, jetzt wird er gejagt.
Er dreht sich um. Wird ihm jetzt etwa bange?
Das kann nicht sein, da er sonst alles wagt.
Auch Luke und Leia sind grad auf der Flucht
Vor Trupplern, doch auf einem andren Weg.
Der Weg ist falsch, führt sie zu einer Schlucht.
Jetzt droht ein Abgrund, denn es fehlt der Steg.

LUKE

Wir haben wohl den falschen Weg gewählt,
Denn dieses tiefe Loch führt nicht zum Schiff!

LEIA

Fürwahr, mir scheint, wir waren sicherer
In dieser Grube hinter festem Schloss.
(Sie schließt die Tür.)
Hier ist kein Schloss, das uns jetzt nützen kann.
Wo ist der Schlüssel für die Freiheit nur?

(Luke schießt auf die Türsteuerung.)

LUKE

(beiseite:) Genau wie Han setz ich den Blaster ein,
Vielleicht halt ich den Feind uns so vom Leib.

LEIA

Wir müssen diesen Abgrund überwinden.
Sag, kannst du uns mit deinem scharfen Witz
Die kurze Brück auf rechtes Maß verlängern?

LUKE

Jetzt nutz ich das Wissen von Obi-Wan,
Denn Blaster sind als Werkzeug viel zu grob.

LEIA

Tu etwas, bitte, sonst brechen sie durch!

CHOR

Der clevre Luke sinnt nach über ’ne List.
Er hat ein Seil, das ist zwar dünn wie Seide,
Doch hofft er, dass es so zu schaffen ist.
Das wäre dann der Rettungsweg für beide.
Derweil schießt Leia wild mit ihrem Blaster,

Um so für Luke ein wenig Zeit zu schinden.
Mit Feuerkraft verzögert sie's Desaster.
Durch sichren Wurf kann Luke das Seil fest binden.
Im Flug entgehn sie jedem Laserschuss,
Luke ist gestärkt durch der Prinzessin Kuss.

LEIA

Ein Kuss bringt Glück bei unsrer Flucht, mein Freund,
Ein Kuss von meinen Lippen auf die Wang,
Ein Kuss für Hoffnung und für Zuversicht,
Ein Kuss gibt Mut uns für den weiten Sprung.
Drum nimm den Kuss als ein Geschenk von mir,
Auf dass wir drüben sind und nicht mehr hier.

(Sie gehen ab.)

SIEBTE SZENE

Im Innern des Todessterns.

CHOR

C-3PO, der macht sich große Sorgen
Zusammen mit R2 um Master Luke.
Derweil ist der mit Leia gut verborgen
In Sicherheit, und das ist ihm genug.
An andrem Schauplatz, in der Nähe,
Vollziehen Han und Chewie jetzt die Flucht.
Zur gleichen Zeit, wir rufen »Ach!« und »Wehe!«,
Beginnt ein groß Duell mit voller Wucht.

*(Vader und Obi-Wan treten auf,
während Sturmtruppen zusehen.)*

VADER

Ich habe Euch erwartet, Obi-Wan,
Endlich sehen wir uns beide wieder.
Unsre Bestimmung erfüllt sich damit.
Geschlossen hat sich unsrer Leben Kreis.
Ein Schüler war ich, als ich Euch verließ,
Doch nun bin ich der Meister wohl fürwahr.

OBI-WAN

Ein Meister nur des Bösen bist du, Darth.

(Sie kämpfen.)

VADER

Ihr habt sehr nachgelassen, alter Mann.

OBI-WAN

Gewinnen kannst du nicht, das sag ich dir.
Denn selbst wenn du mich tötest hier und jetzt,
Werd ich noch sehr viel mächt'ger danach sein,
Als du es dir entfernt vorstellen kannst.

VADER

Ihr hättet niemals herkommen dürfen.

CHOR

Die Männer sehn sich; jetzt beginnt die Schlacht,
Denn Sith und Jedi sind zum Kampf bereit.
Ein Lichtschwert auf das andre Lichtschwert kracht,
Es liegen Licht und Dunkelheit im Streit.
Der Kampf, er tobt, als sich die vier vereinen,
Sie wolln zum Schiff, und das im schnellen Lauf.
Erst sieht man Han und Chewbacca erscheinen,
Es folgen Luke und Leia kurz darauf.

(Han tritt auf, Chewbacca an der Seite.)

HAN

Gerade hatten wir den Kampf hier erst
Verlassen, und schon sind wieder wir zurück.
(Luke und Leia treten auf.)
Wo wart Ihr denn?

LEIA

Auf Freunde trafen wir,
Doch waren diese leider unfreundlich,
Drum sind wir hier, um bessre zu finden.

LUKE

Ist alles noch in Ordnung mit dem Schiff?

HAN

Es sieht gut aus, wir müssten jetzt nur hin
Und an den Sturmtruppen vorbei. Ja, dann
Nur hoff ich, dass der alte Obi-Wan
Den fiesen Fangstrahl ausgeschaltet hat.

LUKE

Erleichterung! Die Sturmtruppen ziehn ab.

C-3PO

Das ist die Chance, R2, jetzt komm.

R2-D2

(beiseite:) Ist er
Denn jetzt mein Anführer?
(zu C-3PO:) Biep miep!

HAN

Lauft, Freunde, lauft! Begebt euch schnell zum Schiff.

CHOR

Als alle schnellen Schritts zum Falken eilen,
Sieht Luke den dunklen Lord und Obi-Wan.
Der Blick des Meisters lässt ihn kurz verweilen.
Ben weiß, wie er die Freunde retten kann.

OBI-WAN

Ja, Hass und Furcht, die sind dem Jedi fremd,
Doch Edelmut, das ist sein zweites Ich.
Das habe ich vor langer Zeit gelernt
Und lehre es mich heut noch jeden Tag.
Zwar hab ich lange den Moment erwartet,
An dem ich Vader endlich konfrontier.
Doch ist Vergeltung trotzdem nicht mein Ziel,
Denn meine Seel labt sich an süß Vergebung.
Ich weiß, ich kann den Kampf hier nicht gewinnen,
Noch wünsche ich des guten Mannes Tod,
Der unter dieser schwarzen Hülle lebt.
Drum geb ich mich dem Tod hin, diesem Schlaf,
Der süße Träum von Frieden mir verheißt.
Das unentdeckte Land, von des Bezirk
Kein Wandrer wiederkehrt, will ich betreten.
Die unbekannte Welt, in der mein Herz
Dann Ruhe finden wird und Frieden auch.
Doch davor geb ein letztes Beispiel ich:
Und werd dem Universum Vorbild sein,
Auf dass ein jeder hier im All erkennt
Der Jedi-Ritter Heldenmut und Kraft.
Drum heb dein Lichtschwert hoch nun, alter Mann,
Und zeig dem Jungen, was ein Jedi kann.

(Obi-Wan erhebt sein Lichtschwert und wird von Vader getötet.)

CHOR

Luke ruft laut: »Nein!«, Schmerz hat ihn fest im Griff.
Die Truppler drehn sich, sehn die Helden dort.
Ein Kampf entbrennt. Sie rennen schnell zum Schiff.
Nur Luke bleibt stehn, bewegt sich nicht vom Ort.
’ne inn’re Stimme weckt ihn: »Lauf, Luke, lauf!«
Geleitet durch die Macht macht er sich auf.

(Sie gehen ab.)

FÜNFTER
AUFZUG

ERSTE SZENE

Weltall, an Bord des Falken.
(Luke und Leia treten von unterschiedlichen Seiten auf.
C-3PO und R2-D2 folgen kurz darauf.)

LUKE
Mein Herz zerbricht an dem jüngsten Verlust,
Wie soll ein Herz gesunden von der Pein?
Erst Muhme, Oheim und nun auch noch Ben:
Erfuhr denn je ein Mensch solch bittren Gram?

LEIA
Sein Herz zerbricht, weil Obi-Wan erst starb,
Mein Herz zerbricht, weil mir mein Volk genommen.
Erst traf's mein Schiff und dann mein Alderaan:
Erfuhr denn je ein Mensch solch bittren Gram?

LUKE
Ich kannte diesen Mann nur kurze Zeit,
In meinem Herzen fand er seinen Platz.
Er wollt mich lehren alles von der Macht,
Und ich wollt gern ein guter Lehrling sein.

LEIA
Ich kannte Alderaan mein Leben lang,
In meinem Herzen liebte ich es sehr.
Ich hatte Hoffnung, bald nach Haus zu kehrn,
Gleich dann, wenn die Rebellen siegreich sind.

LUKE

Doch nun bleibt mir nur noch ein andrer Pfad,
Ich muss mein Ziel jetzt finden ohne ihn.
Die Hoffnung, sie erfüllt sich nicht nach Plan,
Drum helf ich jetzt durch andre gute Tat.

LEIA

Doch nun bleibt mir nur noch ein andrer Kurs.
Ich muss mein Leben führen ohne sie.
Die Träum erfüllen sich nicht wie gewünscht,
Drum träum ich jetzt von einem andren Los.

LUKE

So heb ich hoch im Streben meinen Kopf,
Ein Leuchtfeuer für diese Frau zu sein.
Jetzt werd ich kämpfen für die Rebellion
Und zeig ihr, welche Hilf ein Jedi ist.

LEIA

So streck ich meine Hand jetzt freundlich aus,
Ein Ruhepol für diesen Mann zu sein.
Tief trauernd nehm ich meine Rolle an
Und zeig ihm, welch ein Trost ein Freund doch ist.

HAN

(im Innern:) Da kommen Jäger des Imperiums.
Ich bitt dich, Chewie, halt das Schiff auf Kurs
Und schalte schnell auf Hilfsdeflektorn um,
Ich kümmre mich um die Verteidigung!
(Er tritt auf und spricht mit Luke und Leia.)
Ich weiß genau, die Trauer, sie sitzt tief,
Doch unsre Flucht ist lang noch nicht vorbei,
Ich brauche Hilfe: An die Waffen, Freund!

CHOR

Mit neuer Kraft ist neu der Geist belebt,
Als Luke dann zum Geschützstand schreitet,
Die Laser krachen, und das Schiff erbebt.
Luke hofft, dass er dem Feind das End bereitet.

HAN

Sei wachsam, junger Luke.

LEIA

Sie sind gleich da!

LUKE

Sie sind zu schnell, wie solln wir sie erwischen?

LEIA

Ein Treffer! Unsre Quersteuerung ist
Nun zerstört.

C-3PO

Himmel, nein!

(Er stürzt.)

HAN

Hab keine Angst.
Du kannst mir glauben, diese Kiste fliegt auch so.
(beiseite:) O Schiff, hast du's gehört? Halt bitte durch!

LUKE

Ich hab einen erwischt!

HAN

Du wackrer Kerl!
(beiseite:) Doch halt den Übermut im Zaum, o Luke.
Du kannst dann prahlen, wenn wir Sieger sind,
Der Unterlegne taugt zum Prahlen nicht!

LEIA

Da sind noch zwei, seid weise jetzt und kühn.

CHOR

Der junge Luke und Han im Kampf vereint
Erwehren sich der Jäger großer Zahl,
Und Schuss um Schuss zerstört man flink den Feind,
So endet endlich unsrer Helden Qual.

LUKE

Wir waren siegreich – fröhlich ist der Tag!

C-3PO

Ich bin gestürzt, so helft mir, bitte helft!
Gewiss war's deine Schuld R2, nun sieh!

R2-D2

Biep miep ta-wieb piep biep miep biep nu-wieh.

(Sie gehen ab.)

ZWEITE SZENE

Im Innern des Todessterns.
(Tarkin und Vader treten auf.)

TARKIN
Sind sie nun fort? Sind die Rebelln entwischt?

VADER
Die Lichtmauer durchbrochen haben sie.

TARKIN
Der Funkpeilsender ist auch ganz gewiss
an Bord des Schiffs? Und dort auch gut versteckt?
Ich fürcht, das Risiko ist viel zu groß.

VADER
Das Risiko und auch das Peilgerät
Sind von der Größe richtig so, mein Herr.

TARKIN
Dann ist es gut, ich hoff, es funktioniert,
Mit dieser Flucht ist auch Gefahr verbunden,
Drum sucht sie kurz und habt sie schnell gefunden.

(Sie gehen ab.)

DRITTE SZENE

Weltall, an Bord des Falken.
(Han und Leia treten auf.)

HAN
Die Rettung, sie war wundersam, nicht wahr?
Manchmal erstaune ich mich einfach selbst.
Erstaunlich war die Rettung doch von dir,
Erstaunlich bin ich stets auch als Pilot,
Erstaunlich auch mein Beitrag zu der Flucht,
Erstaunlich ist zudem mein hübsch Gesicht.

LEIA
Erstaunlich bist du, selbstverliebt und stolz!
So bin ich voll und ganz erstaunt, dass du
Dein kostbar Selbst zu meiner Rettung hast
Bereitgestellt – doch jetzt, Han, pass gut auf,
Denn ich werd dich nun wirklich mal erstaunen:
Denn hier ist dein Erstaunen fehl am Platz,
Denn niemals hat ein imperiales Schiff
Dem Feind so furchtbar leicht die Flucht geschenkt
Wie deinem ganz erstaunlich Schiff.

HAN
Nein, nein!
Du sprichst von Leichtigkeit bei dieser Flucht?

LEIA
Sei mir versichert, Han, man späht uns aus.

HAN
Dies Schiff wird nie und nimmer ausgespäht.

LEIA

Mich dünkt, dass du dem Schiff hier viel zu viel
Vertrauen schenkst. Doch damit ist jetzt Schluss.
Erleichtert bin ich, dass R2 in sich
Die Daten, die wir brauchen werden, trägt.

HAN

Aber wieso ist das so wichtig, sprich:
Was trägt er in sich?

LEIA

Die Hoffnung der Rebelln.
Die Pläne dieser Kampfstation, die grad
Mein Alderaan zerstört hat. Wir hoffen
Jetzt, dass wir in diesen Unterlagen
'ne Schwachstelle der großen Kampfstation
Zutage fördern, die uns hilfreich ist.
Geschlagen ist bisher nur eine Schlacht.
Der Krieg steht noch bevor.

HAN

Da irrst du dich.
Du sprichst für dich nur, denn für dieses Schiff
Und den Piloten ist der Kampf vorbei.
Ich nehm nicht teil an der Revolution,
Und somit ist auch Hilfe nicht mein Ziel.
Ich kenne nur ein einzig Ziel für mich,
Das sprech ich gerne noch mal deutlich aus:
Es geht um Lohn mir und um weiter nichts,
Denn jede Faser meiner Existenz
Erwartet schon voll Freude den Moment,
In dem der Lohn dann meine Truhe füllt.

LEIA

O Schurke! Sorg dich nicht um deinen Lohn.
Wenn deine Liebe doch dem Geld nur gilt,
Dann wirst du auch gewiss nur Geld erhalten.
(Luke Skywalker tritt auf.)
Dein Freund ist eine Söldnerseele nur.
Ich zweifle, dass er außer Geld was braucht.

(Leia geht ab.)

LUKE

(beiseite:) Nun, ich brauch sicher andre Ding als Geld!
Wenn du's nur wüsstest, was ich wirklich brauch.
(zu Han:) Nun sag mir, Han, was hältst du denn von ihr?

HAN

Ich sag dir, wie es ist. Ich bin beruhigt,
Wenn nichts ich von ihr halte.

LUKE

Gut, sehr gut.

HAN

(beiseite:) Nun wird mir klarer, weshalb er so fragt!
Der Junge schwärmt – so scheint es mir – für sie,
Sonst könnt ich meinem Urteil nicht mehr traun.
Solch Schwärmerei ist Ziel für Spaß und Spott,
Drum gönn ich mir jetzt einen kleinen Spaß.
(zu Luke:) Und doch …

LUKE

(beiseite:) Ach, doch ein »doch«? Was soll dies »doch«?

HAN

Dies Weib hat solch ein kühnes Temprament,
Doch weiß ich's nicht. Denkst du, es könnte sein,
Meinst du, die junge Maid und ich, wir …

LUKE

Nein.

(Sie gehen ab.)

VIERTE SZENE

Die Rebellenbasis auf Yavin IV.

CHOR

Der flinke Falke fliegt nach Yavin IV,
Der Todesstern, er folgt dem kleinen Schiff,
Die Basis der Rebellen, die liegt hier.
Von hier plant man dann schnell den Großangriff.

(Leia und Willard treten auf, mit Luke, Han und R2-D2 dahinter.)

WILLARD

Prinzessin, Ihr seid unversehrt! Als wir
Von der Vernichtung Alderaans gehört,
Kam uns das Schlimmste in den Sinn. Doch Euch
Jetzt unversehrt zu sehn gibt Hoffnung mir.

LEIA

Jetzt ruft man uns zum Handeln, Sir. Dann erst
Ist Zeit für Gram und Trauer. Ich bitt Euch,
Nehmt die R2-Einheit hier. Ich hoffe,

Dass all die Daten, die darin, uns nützlich sind.
Dann plant den Angriff, der die letzte Hoffnung
Ist. Commander Willard, geht. Sucht nach der Rettung.

CHOR

Die Rebellion prüft gleich die wichtgen Daten,
Die R2 noch in seinem Innren trägt.
Die Auswertung können sie kaum erwarten,
Der Todesstern sich auf sie zubewegt.
Der Feind weiß jetzt, wo er den Stützpunkt findet,
Kommt angeflogen, lädt bereits die Waffen.
Doch bleibt der Mut, er ist es nicht, der schwindet,
Denn mit den Daten könnten sie es schaffen.

(Dodonna, Wedge und verschiedene Rebellenkommandeure und Piloten.)

DODONNA

Kommt, tapfre Piloten, versammelt euch jetzt hier,
Denn hier erhaltet ihr eine Lektion.
Ja, unsre Hoffnung ruht auf diesem Schlag,
Drum hört, denn ich erklär euch jetzt den Plan:
Die Kampfstation ist gut und stark geschützt,
Zudem hat sie enorme Feuerkraft,
Und so den besten Schutz vorm Großangriff.
Doch gleich dem König, der sein Ross gesucht,
Kann sie zerstört werden durch einen Mann.
Ein einzig Jäger reicht vielleicht schon aus:
Er bricht durch die Verteidigung, um dann …

GOLD EINS

Verzeihung, Sir, doch bitte wie soll nur
Ein einfacher Einmannjäger das tun?

DODONNA

Dies ist ’ne weise Frage, guter Freund.
Für diese große Kampfstation, so scheint’s,
Kann doch ein Jäger nicht gefährlich sein.
Drum ist das Netz für die Verteidigung
Auch lückenhaft gewebt. Ein Fehler ist’s,
Den oft man sieht bei Menschen groß und stark.
Sie glauben, ihre Kraft allein schützt sie
Vor der Gefahr, drum unterliegen sie dann oft
Dem kleinen Gegner, der mit großer List
Im Kampf den Sieg erringt: So ist es auch
Beim Todesstern, und jetzt komm ich zum Punkt:
Die Pläne dieser großen Kampfstation,
Sie zeigen uns ’nen Schwachpunkt, der recht klein.
Zu diesem Punkt führt nur ein schmaler Weg,
Drum wird der Anflug auch gefährlich sein.
Ihr müsst durch diesen Graben manövriern
In Bodennähe bis zu diesem Punkt.
Das Ziel, in das ihr treffen müsst, ist bloß
Zwei Meter breit. Es ist ein Lüftungsschacht.
Der Schacht verstärkt dann eurer Laser Kraft,
Der Schacht, wenn ihr ihn richtig trefft, heißt Sieg.
Der Schacht sorgt für ’ne Kettenreaktion,
Der Schacht bedeutet Tod der Kampfstation.

GOLD EINS

Die Chance auf einen Treffer ist gleich null.

WEDGE

Das ist ja fast unmöglich. Sollen wir
Solch eine Tollheit wagen, oder ist
Es besser, sich diesmal zurückzuziehn.
Hätten wir doch nur tausend Schiffe mehr.

LUKE
Rebellen, Freunde, Flieger, hört mich an,
Wünscht euch nicht einen einz'gen Jäger mehr,
Zum Tode ausersehn sind wir genug,
Doch bei 'nem Sieg, der uns gelingen kann,
Ist kleinre Zahl der größre Ehrenteil.
Wir alle haben Opfer schon gebracht.
Ihr wisst, dass ich die Familie verlor,
Die teure Muhme und den Oheim auch,
Der große Mentor folgte kurz darauf.
So groß die Trauer auch in meinem Herz,
Weiß ich, sie wolln mich sehn in dieser Schlacht.
Prinzessin Leia sah der Heimat Tod.
Ihr Schmerz ist groß, weil alles sie verlor,
Und doch, ganz gleich, wie schwer auch dies Gefühl,
Weiß sie, dass sie uns heute führen muss.
Ihr Männer und ihr Frauen kennt das auch,
Ihr habt gelebt, geliebt und auch verlorn.
Unsre Geschichten sind doch alle gleich:
Ein jeder von uns Trauer kennt und Freud,
Und wir sind doch nicht hier an diesem Tag,
Damit wir umkehrn und dann alle fliehn,
Sondern dass wir mit unsrem großen Mut
Für uns selbst kämpfen und für alle die,
die man uns nahm und die jetzt nicht mehr sind.
Lasst uns nicht rufen nach mehr Schiffen heut,
Und habt vor winz'gen Schächten keine Furcht.
Ich hab zu Haus von meinem Speeder aus
Auf Wompratten gezielt, und die sind kaum
Viel größer als dies Ziel im Schacht, dies Loch,
Das immerhin zwei ganze Meter misst.
Ihr tapfren Seelen, denkt zurück ans Heim
Und Heldentaten, die ihr dort vollbracht,
Denn in Gedanken wächst dann euer Mut,
Schafft Wagemut, und mit der Macht gelingt
Uns dann der Sieg. Und glaubt mir, Freunde, groß

Wird dann der Jubel dieser Stunde sein,
Wenn erst das mächtige Imperium
Die ganze Stärke unsrer Staffel spürt!
Glaubt mir, dass alle Bürger von Bespin
Dann wünschen werden, sie wärn hier gewesen.
Nie hat die Rebellion 'ne Zeit erlebt,
Die ruhmreicher als dieser Angriff ist!

ALLE
Ja. Ja!

DODONNA
Die Macht, sie möge mit euch sein.

(Alle gehen ab außer Luke.)

CHOR
In Eile rüstet sich die Kampfstation,
Ein jeder Posten wird noch schnell bemannt,
Bei den Rebellen herrscht ein froher Ton,
Im Todesstern hat Stolz die Oberhand.

(Vader tritt auf mit Tarkin, beiseite im Todesstern.)

VADER
Weil er Kenobis Leben enden sah,
Denkt man noch lang an diesen Tag
Und somit auch ans End' der Rebellion.

(Vader und Tarkin gehen ab.)
(Han tritt auf.)

LUKE
Und nun? Hast deine wahre Liebe du,
Hast deinen Lohn und eilst jetzt schnell hinfort?

HAN

Ich geb es zu. Denn niemals werde ich
In Freiheit wieder atmen, wenn dies Geld
Mir nicht den Druck der Schulden nimmt, der stark
Auf meiner Brust mir lastet. Drum sag mir,
Luke, warum soll ich verweilen? Nur um
Zu kämpfen gegen diese Übermacht?
Der Kampf ist Irrsinn bloß. Drum bitt ich dich,
Komm mit uns Luke. Du bist ein tapfrer Bursch
Mit viel Verstand und Kraft, die hast du auch.

LUKE

Öffne die Augen, Han, und sprich nicht so!
Sieh, welche noble Sache du verlässt!
Schau auf das gute Herz der Leute hier!
Die Macht, die den Rebellen Kraft verschafft!
Öffne die Augen, Han, und sieh doch hin,
Was hier geschieht. Wie hoch der Preis doch ist
Für diese Schlacht, die unsrer hier jetzt harrt.
Du weißt genau, wie gut du kämpfst, und Mut,
Den hast du auch. Drum bitt ich dich, bleib hier.
Dreh deinem Schicksal nicht den Rücken zu,
Nimm dir ein Herz und kämpf mit uns den Kampf!

HAN

Was nutzt mir die Belohnung, wenn ich tot?
Was nutzt mir denn die Ehre, wenn ich tot?
Ein Kampf gegen die große Kampfstation
Ist keine Tapferkeit, nein, Selbstmord ist's.

LUKE

Dann gib gut acht auf dich, Han, du Solist,
Das ist die Rolle, die du bestens spielst.

HAN

Hör zu: Möge die Macht mit dir sein, Luke.
(Luke geht ab.)
Kein Schiff kann ohne Antrieb fliegen, nein,
Es bedarf der Schubkraft und der Führung,
Auch, um in des Weltalls Weiten zu bestehn.
Das weiß ich so gut wie jeder Pilot.
Wie kann ich dann nur denken, dass ein Mann
Ohne die Richtschnur der Moral, ohne
Der Seele innren Kompass fliegt und so
Durchs Leben navigiert. Das geht doch nicht.
Drum frag ich mich, wie kann ich so bestehn?
Ich weiß, die Sache dieser Rebellion
Ist sicher richtig, gut und auch gerecht.
Ich weiß, die Menschen brauchen Hilfe hier,
Ich weiß all das, und trotzdem zweifle ich.
Solln Zweifel jetzt entscheiden meine Wahl?
Denn wähl ich mich, wähl ich die Freunde nicht,
Und so steht Lohn über der Seele Heil.
Das Herz des Schmugglers, es bleibt immer ruhig,
Und nichts lässt schwanken eines Gauners Puls,
Doch halt, was regt sich jetzt in meiner Brust,
Schlägt etwa da eines Rebellen Herz?

(Han geht ab.)
(Luke und Leia treten auf.)

LEIA

Was ist mit dir, o Luke?

LUKE

Es ist bloß Han.
Ich dacht, er hätt ein Herz fürs Gute. Doch
Seine Entscheidung steht.

LEIA

Das ist sein Pfad,
Und weder du noch ich noch sonst einer
Können den Kurs abändern, den er nimmt.

LUKE

Ich wünschte nur, Ben wäre hier bei uns.

LEIA

Einst spendete ich Kraft mit einem Kuss,
Nun will ich dir erneut so Hoffnung spenden.

(Sie küsst ihn und geht dann ab.)
(Biggs tritt auf.)

BIGGS

Hey, Luke!

LUKE

Hey, Biggs!

BIGGS

Es freut mein Herz, dich hier
Zu sehn, mein Freund. Ziehst du mit uns zum Kampf
Gegen's Imperium?

LUKE

O ja! Und dann werd ich
Dein Ohr mit allerlei Geschichten fülln.

(Rot Eins tritt auf.)

ROT EINS

Hört, Luke, kommt Ihr mit diesem Schiff auch klar?

BIGGS

Ich kann Euch mit Gewissheit sagen, Sir:
Dass Luke hier wohl der beste Flieger ist,
Den man je fliegen sah am äußren Rand,
Drum sorgt euch nicht, denn er steht seinen Mann.

ROT EINS

Nun gut, das wird genügen.

LUKE

Jawohl, Sir,
Ich geb mein Bestes.

(Rot Eins geht ab.)

BIGGS

Nun müssen wir gehn.
Doch wenn wir dann zurück sind aus der Schlacht,
Dann trinken wir zusammen hier, und du
Erzählst, was du erlebt.

LUKE

Das tun wir, Biggs.
Denn einst versprach ich dir, ich komme nach
Und stoß zur Rebellion. Nun bin ich da.

BIGGS

Es wird so sein, wie einst auf Tatooine.
Mein Freund, es gibt mir Kraft und Trost, dass du
Hier bei uns bist. Drum stell ich mich dem Tod
Entgegen, da du nun mit uns fliegen wirst.

*(Biggs geht ab. Luke steigt zum Schiff hinauf,
mit R2-D2 und Rebellenanführer.)*

ANFÜHRER

Mir scheint diese R2-Einheit hat doch
recht viele Schrammen, Kratzer hat sie auch.
Möchtet Ihr einen tauglichen Ersatz?

R2-D2

(beiseite:) Was kümmern dich denn meine Schrammen, Schelm?
Pass auf, sonst ziert 'ne Schramme gleich dein Haupt!

LUKE

Um nichts in dieser Welt! R2 und ich,
Wir haben viel gemeinsam durchgemacht,
Drum kämpfen wir gemeinsam weiter.

R2-D2

Biep!

(C-3PO tritt auf.)

C-3PO

Gib auf dich acht, R2, und kehr zurück!
Du willst doch sicher nicht, dass ich allein
Und einsam hier mein Leben fristen muss.
(beiseite:) O Schicksalsgöttin, erhöre mein Flehn:
Den Master und den Freund behüte mir,
Sonst steh ich ganz allein und einsam hier.

(Sie gehen ab.)

FÜNFTE SZENE

Weltall. Die Endschlacht.

CHOR

Lasst uns mit eurer Fantasie jetzt gleiten
Ins dunkle All, ganz kalt – doch bleibt geneigt,
Lasst euch von eurer Vorstellung jetzt leiten,
Damit ihr seht, was sich nicht deutlich zeigt.
Der Geist ergänzt dann, was das Aug vermisst,
Und Ihr könnt gleich die große Schlacht erspähn,
Da unser All nur eine Bühne ist,
Wird diese Schlacht auf ihr durch euch entstehn.
Doch jetzt zum Kampf, der Todesstern kommt her,
Die Flotte der Rebelln fliegt ihm entgegen,
Der Feind ist groß und stark und schauerlich,
Die Kämpfer voller Mut und recht verwegen.

(Luke, R2-D2, Wedge, Biggs, Rot Eins, Gold Eins und andere Piloten treten auf, jeder von ihnen an anderer Stelle, um ihr Schiff zu vertreten. C-3PO, Leia und Dodonna stehen an der Bühnenseite.)

COMPUTER

Der Todesstern, er ist im Anflug jetzt.
Alarm, denn die Rebellenbasis ist
In fünfzehn Minuten in Schussweite.

ROT EINS

Jetzt soll sich jede Einheit melden. Los!

ROT ZEHN

Rot Zehn steht hier bereit.

ROT SIEBEN

Rot Sieben steht
Bereit.

BIGGS

Rot Drei steht hier bereit.

ROT SECHS

Rot Sechs
Steht hier bereit.

ROT NEUN

Rot Neun steht hier bereit.

WEDGE

Rot Zwei steht hier bereit.

ROT ELF

Und auch Rot Elf
Steht hier bereit.

LUKE

Rot Fünf steht hier bereit.
(beiseite:) Hinter den Nummern unsre Namen stehn.
Denn ich bin Luke, und hier, gleich neben mir,
Sind meine guten Freunde Wedge und Biggs.
Kein Krieg macht uns zu einer bloßen Zahl.
Wir fliegen zusammen für unser Ziel.
Wir fliegen zusammen für meinen Ben.
Wir fliegen zusammen für Leia heut.
Im Namen der Toten von Alderaan.
Im Namen von all jenen fliegen wir,
Die tief und fest in unsren Herzen sind;
Die unsre Herzen mit Liebe gefüllt.
Drum ist die Verpflichtung auch riesengroß.

ROT EINS
Die Flügel bringt in Angriffsposition.
Wir fliegen durch das magnetische Feld,
In Formation, nutzt den Deflektorschild!
Gebt acht auf euch und – Männer – zeigt euch kühn!

WEDGE
Doch seht! Der Todesstern ist furchtbar groß!
(beiseite:) O weh! Ich fürcht, dass hier mein Ende naht.

ROT EINS
Hab keine Furcht, Rot Zwei! Macht euch bereit,
Wir gehn jetzt auf Angriffsgeschwindigkeit.

GOLD EINS
Rot Eins, sag, hörst du mich?

ROT EINS
Ich hör dich gut.

GOLD EINS
Pass auf, wir fliegen jetzt den Zielschacht an.

ROT EINS
Wir haben unsre Position erreicht,
Wir fliegen jetzt die Mittelachse lang,
Wir ziehn das Feuer auf uns, ihr dringt ein.

CHOR
Die Rebellion setzt an zum ersten Schlag,
Die Schiffe feuern auf den großen Feind,
Ein jeder kämpft und gibt, was er vermag,
Doch schwindet Hoffung, wenn der Tod erscheint.

WEDGE
Wir sind hier schwer unter Beschuss.

ROT EINS

O weh!

LUKE

Hier spricht Rot Fünf: Ich geh jetzt hurtig rein!
(beiseite:) Das ist mein erster Schuss – O geh ins Ziel!

CHOR

Mit Mut setzt Luke zum ersten Zielflug an,
Er schafft sich schießend einen Weg zum Graben,
Er fliegt und wagt, was man nur wagen kann,
Denn er will siegen dort, wo andre starben.

BIGGS

Ist alles klar, Luke?

LUKE

Mich hätt's fast erwischt,
Doch es ist gut. *(beiseite:)* Ich geb jetzt besser acht!

(Vader und Offizier 5 treten auf, an der Bühnenseite.)

OFFIZIER 5

Wir haben dreißig Schiffe grad gezählt,
Doch kann der Turbolaser sie ja nicht
Erfassen, denn sie sind doch viel zu klein.

VADER

Nun, dann vernichten wir sie Schiff für Schiff.
Drum gebt den Jägern jetzt Bescheid, sie solln
Sich auf den Angriff vorbereiten. Los!

(Vader und Offizier 5 gehen ab.)

ROT EINS
Nun passt gut auf, denn der Beschuss ist stark,
Er kommt von dort, von diesem Abwehrturm.

LUKE
Ich bin bereit.

BIGGS
Nun schlag ich zu! Drum gib
Mir Feuerschutz, Porkins.

ROT SECHS
Ich bin gewillt
Und auch bereit. Drum helf ich dir, Rot Drei.

CHOR
Rot Sechs kämpft heldenhaft zum Schutz von Biggs.
Der 'nen verwegnen Angriff mutig wagt.
Sein Freund und er kämpfen mit allen Tricks,
Doch reicht das nicht – Rot Sechs wird hochgejagt.

ROT SECHS
Unbill hat mich erwischt.

BIGGS
Los, raus, sofort!

ROT SECHS
Ich kann es noch schaffen.

BIGGS
Weich aus, sofort!

ROT SECHS
Nein, nein, ich bin mir sicher, dass ich's schaff.

(Explosion. Rot Sechs stirbt.)

COMPUTER
Der Todesstern kommt näher Stück für Stück.
Alarm, denn die Rebellenbasis ist
In sieben Minuten in Schussweite.

CHOR
Rebellen fallen – Mut geht auch verloren,
Da hört der junge Luke bekannten Ton.
Durch Ben, der spricht, wird Hoffung neu geboren,
Er weist Luke sichren Weg zum Heldenlohn.

(Der Geist von Obi-Wan tritt auf.)

GEIST
Vertraue stets auf dein Gefühl, o Luke.

LUKE
Der Klang, ich kenn ihn gut. Sprich noch einmal!
Ich hör auf diese Stimm und trau mir selbst,
Wenn Ben es mir gebietet, schlag ich zu!

(Er schießt und trifft den Todesstern. Der Geist von Obi-Wan geht ab. Offizier tritt auf.)

OFFIZIER
Hört, Gruppenführer. Neue Jäger, dort!
Sie nähern sich geschwind.

LUKE
Ich sehe nichts!
Mein Aug ist blind für sie.

ROT EINS
Dann schaltet jetzt
Die Sichtgeräte ein! Rot Sieben, sieh!
Es sitzt dir einer im Genick.

ROT SIEBEN

Weh mir!
Mich hat's erwischt! Jetzt ist's um mich geschehn.

(Explosion. Rot Sieben stirbt.)

LUKE

Hört, Freunde, wenn der Feind von hinten kommt,
Dann bitt ich Euch, behaltet ihn im Blick!

BIGGS

O Hilfe, Hilfe, ich werd jetzt verfolgt!
Ich kann nicht sehn, wohin er fliegt, drum helft!
Ausweichen kann ich nicht, er ist zu nah.

LUKE

Halt durch, o Biggs, bis ich dir helfen kann.
Ich fliege zu dir und erschieß den Feind!

BIGGS

Durch dich ward ich erneut geborn, mein Freund.
Ich hoff, ich kann bald Gleiches für dich tun.

(Vader tritt auf mit imperialen Piloten 1 und 2.)

VADER

Vom Hauptgeschwader wurde eine Zahl
Von unsren Jägern abgetrennt. Drum lasst
Gemeinsam uns zu unsren Schiffen hin,
Damit im Kampf uns auch kein Feind entgeht.

(Vader und Piloten begeben sich auf die Schiffe.)

BIGGS

O Luke, du wirst verfolgt, dreh bei!

WEDGE

Pass auf
Dein Heck auf, Luke, denn da kommen noch mehr.

LUKE

'nen Treffer hab ich abgekriegt, doch ist
Es nicht so schlimm. R2, schau nach, ob du
Den Schaden richten kannst.

R2-D2

Ta-wieb miep biep.
Twieb piep piep piep.

LUKE

Droide, halte durch!

ROT EINS

Rot Zehn, sag, siehst du irgendwo Rot Fünf?

ROT ZEHN

Das Feuer kommt jetzt stark von dieser Seit.
Rot Fünf, wo bist du?

LUKE

Hier, aber ich werd
Den Schurken, der mich grad verfolgt, nicht los.

WEDGE

Ich eile dir zu Hilfe, fürcht dich nicht.

LUKE

(beiseite:) Mein teurer Freund, o Biggs, wo steckst du nur?
Du sagtest doch, du wirst es gleich mir tun,
Doch wo ist jetzt die Hilfe, die ich brauch?
Ich bin auch wegen unsrer Freundschaft hier,
Denn Seit an Seit wollt kämpfen ich mit dir

Nach den Geschichten, die du mitgebracht
Und zahlreich hast erzählt, wenn heim du kamst.
Hast du mich denn verlassen, alter Freund?
Ich seh dem Tod jetzt in sein kaltes Aug,
Doch wo bist du? Nun komm, mein teurer Biggs!

WEDGE
Nimm dies und stirb, du Schuft!

LUKE
Ich dank dir, Wedge!
Dein heldenhaftes Handeln rettet mich.

GOLD EINS
Rot Eins, hört zu: Die Gold-Staffel führt jetzt
'nen raschen Angriff auf den Graben aus.

ROT EINS
Viel Glück, Gold Eins, und flieg mit voller Kraft!

VADER
Nun flieg ich meinen Feinden schnell entgegen,
Die Dunkle Seit der Macht bringt mir den Sieg.
All ihre Hoffnung werde ich vernichten.
(zu den imperialen Piloten 1 und 2:) Wackre Piloten,
[haltet euch bereit!

GOLD EINS
Die Öffnung des Luftschachts ist anvisiert
Und auch markiert! Der Schacht, er bringt den Sieg.
Gebt den Deflektorschilden volle Kraft.
Gold Fünf, nenn mir die Anzahl der Geschütz?

GOLD FÜNF
Es sind in etwa zwanzig hier und dort,
In Bodennähe und den Türmen auch.

COMPUTER
Der Todesstern kommt näher Stück für Stück.
Alarm, denn die Rebellenbasis ist
Jetzt in fünf Minuten in Schussweite.

GOLD EINS
Ich schalte jetzt auf Zielcomputer um.

GOLD ZWEI
Der Bordcomputer zeigt mir an, dass bald
Der Schacht vor uns erscheint. Doch was ist jetzt?
Das Feuer der Geschütze schweigt. Warum?

GOLD FÜNF
Stabilisier die Heckdeflektoren,
Vielleicht naht sich der Feind von hinterrücks.

GOLD EINS
Drei Schiffe sind bei Eins-Komma-Zwei-Zehn.

CHOR
Die Schlacht strebt ihrem Höhepunkt entgegen,
Als Vader die Rebellen anvisiert.
Die dunkle Seite gibt ihm Kraft, weswegen
Der Lord sich gut flankiert zum Kampf formiert.

VADER
Vernichten werd ich die Rebellen selbst,
Drum gebt mir Feuerschutz, dann ist's getan.
Ich schieß nur einmal, und schon grüßt der Tod.

(Vader schießt. Explosion. Gold Zwei stirbt.)

GOLD EINS
Ich kann jetzt nicht mehr steuern, welch ein Graus!

GOLD FÜNF
Bleib auf dem Kurs.

GOLD EINS
Nein, wir sind viel zu nah!

GOLD FÜNF
Bleib auf dem Kurs!

GOLD EINS
Kerl, nun gib mir doch Raum!

(Vader schießt. Explosion. Gold Eins stirbt.)

GOLD FÜNF
Gold Fünf bringt schlimme Nachricht vom Verlust
Von Dutch und auch Tiree.

ROT EINS
Ich hab's gehört!
Macht euch bereit.

GOLD FÜNF
Von hinten kommen sie!

(Vader schießt. Explosion. Gold Fünf stirbt.)

LUKE
(beiseite:) So viel Verwüstung und elender Tod.
Sind all die Leben unser Ziel auch wert?
Doch würd ich meins mit Wonne geben. Ja!
Drum hadre nicht mit der Erfordernis.

CHOR

Derweil Rebellen den Verlust betrauern,
Macht Anspannung im Todesstern sich breit.
Nur Tarkin, der bleibt hart und trotzt dem Schauern.
Die Stimmung auf dem Stern wird so entzweit.

(Tarkin tritt auf mit dem Ersten Offizier an der Bühnenseite, im Todesstern.)

ERSTER OFFIZIER

Der Angriff wurde ganz genau studiert,
Und wie es scheint, besteht wohl doch Gefahr.
Drum lass ich euer Schiff jetzt klarmachen,
Damit im Notfall ihr gleich fliehen könnt.

TARKIN

Inmitten des Triumphs? Ihr scherzt! Ich bleib!
Fürwahr, ich stehe unbewegt wie Stein.

(Tarkin und Erster Offizer gehen ab.)

COMPUTER

Der Todesstern kommt näher Stück für Stück.
Alarm, denn die Rebellenbasis ist
Jetzt in drei Minuten in Schussweite.

ROT EINS

Rot-Staffel, hier Rot Eins. Wir sammeln uns
Bei Marke Sechs-Punkt-Eins, und macht bloß schnell!

WEDGE

Rot Zwei steht hier an deiner Seit.

BIGGS

Rot Drei kommt auch.

DODONNA

Rot Eins, hier Basis Eins. Beim nächsten Mal
Nehmt nur die halbe Staffel mit, denn wenn
Ihr scheitert, bleibt uns noch der Rest, und nicht
Die ganze Flotte fehlt – es bleibt ein Teil.

ROT EINS

Ich habe es vernommen, Sir. Jetzt, los!
Luke, nimm Rot Zwei und Drei mit dir und wart
Auf mein Signal, und dann erst legt ihr los.
Der Todesstern wird heute noch zerstört!

CHOR

Rot Eins zusammen mit Rot Zwölf und Zehn
Gehn tiefer jetzt, im Sinkflug in den Graben,
Voll Mut und Tatkraft könnt ihr dort sie sehn
Im Flug zum Ziel – den Sieg, den wolln sie haben.

ROT ZEHN

Sag, sollte er nicht längst zu sehen sein?

ROT FÜHRER

Doch achtet weiter auf die Schiffe, hört,
Denn die sind schuld am Tod der Kameraden.

ROT ZEHN

Hier sind zu viele Störsignale, pfui!
Kannst du den Feind denn irgendwo erspähn?

LUKE

Ich sehe keine Schiffe – wartet. Da!
Bei Eins-Komma-Drei-Fünf.

ROT ZEHN

Ich seh sie jetzt.

ROT EINS

Mein Schiff ist gleich in Schussweite des Ziels,
Das sich uns schon so lang entzogen hat.
Doch jetzt wird dieses Ziel zu meinem Ziel!
Wenn Ihr den Feind kurz ablenkt, glaubt mir, dann
Beende ich die Schlacht mit raschem Schlag!

VADER

Geschlossne Formation!

ROT EINS

Ich bin fast da.

(Vader schießt. Explosion. Rot Zwölf stirbt.)

ROT ZEHN

Los, Feuer, denn sonst sterben wir.

ROT EINS

Bin fast da.

ROT ZEHN

Sie sind dicht an mir dran! Ich kann mich nicht
Mehr wehrn!

(Darth Vader schießt. Explosion. Rot Zehn stirbt.)

ROT EINS

Ich schieß zum Ruhm der Rebellion!
Der Schuss, er ist vollbracht!

ROT NEUN

War es ein Treffer?
Der Sieg scheint mir zum Greifen nah.

ROT EINS

O weh!
Glaubt mir, das war mein bester Schuss, und doch,
Der Schuss schlug fehl. Er hat das Ziel verpasst.
Die Oberfläche war es, die ich traf.

LUKE

Rot Eins, verlier nur nicht den Mut, versuch
Es noch einmal. Wir geben Deckung dir!
Den Kurs auf Eins-Komma-Null-Fünf, dann los!

ROT EINS

Rettet mich nicht! Mein Antrieb ist zerstört.
Nun wackrer Wedge und tapfrer Biggs, zielt gut!
Denn unsre letzte Hoffnung ruht auf euch,
Das war es, Freunde, ich bin jetzt dahin.

(Vader schießt. Explosion. Rot Eins stirbt.)

COMPUTER

Der Todesstern kommt näher Stück für Stück.
Alarm, denn die Rebellenbasis ist
In einer Minute in Schussweite.

LUKE

Noch einmal stürmt, ihr Freunde, noch einmal!
Es ist der toten Freunde nun zu viel,
Zu rächen ihre Seelen ist das Ziel.
Nie kannt ich Zorn, seit ich ins Weltall ging,
Doch jetzt ist es genug. Ich schlag zurück!
Die Kraft der Macht, sie steh uns allen bei!
Und wer uns schlägt, der fürchte unsren Zorn.
Du grausam, bös Imperium, wenn du

Uns niederwirfst, dann stehn wir wieder auf.
Wir kämpfen heut und hier für alle, die
Gestorben sind auf Alderaan und hier.
Der Kampf, er gilt der Wahrheit, Freiheit und
Gerechtigkeit, und heut ist unser Tag!
Ein jeder, der unter dem Joch gelebt,
Wird heut von uns befreit. Drum, Freunde, stürmt!
Dies ist nun ein historischer Moment,
Der jedem Wesen Freiheit bringen soll!
Los, Biggs, mein Freund, komm steh mir treu zur Seit,
Und du, o Wedge, flankiere meinen Flug.
Wir sind drei Freunde – Helden lasst uns sein,
Drum in den Graben volle Kraft voraus!

WEDGE
Wir stehen dir zur Seit, bereit zum Kampf.

BIGGS
Doch, Luke, kannst du bei diesem Tempo noch
Entfliehn, bevor es deinen Jäger trifft?

LUKE
Es wird wie in der Bettlerschlucht zu Haus,
Doch keine Angst, ich komm da schon noch raus.

CHOR
Luke sieht den Graben, und er fliegt hinein,
Sein Schuss entscheidet dort, wer stirbt, wer lebt.
Darth Vader folgt ihm, wünscht ihm jede Pein,
Sein Hass flammt auf, sein böses Herz erbebt.

BIGGS
Wir stehn bereit und eilen dir zu Hilf.

WEDGE

Mein Sucher zeigt den Turm, doch dieser Schacht,
Ich kann ihn nirgendwo erkennen, Luke.
Wie sicher, glaubst du, ist es denn, dass der
Computer dieses Ziel genau erfasst
Und trifft?

LUKE

Gib acht auf dich! Auf volle Kraft.

WEDGE

Das wird gemacht, doch was ist mit dem Turm?

LUKE

Du denkst jetzt nur noch an den Feind, mein Freund.
Und lass den Turm bloß meine Sorge sein.
(zu R2-D2:) R2, fixier den Stabilisator,
Der sich erneut gelockert hat. Mach schnell!

R2-D2

(beiseite:) Flugs fixier ich ihn, flink und flott!
(zu Luke:) Biep miep!

WEDGE

Da kommen Jäger auf Null-Komma-Drei.
Sie nähern sich und sind zu schnell. O weh!
Mich hat's erwischt, drum muss ich jetzt entfliehn.

LUKE

Ja, rette dich, mein Freund. Du kannst uns nicht
Mehr helfen, wenn dein Schiff nicht fliegt, drum geh!
Doch halte dich bereit fürs nächste Mal.

WEDGE

Ich wünsche euch von Herzen noch viel Glück.

(Wedge geht ab.)

VADER

Lasst diesen gehn und folgt dem Anführer!

BIGGS

Jetzt eil dich, Luke. Mich dünkt, sie nähern sich
Noch schneller als zuvor. Ich kann sie nicht
Mehr aufhalten!

LUKE

R2, verstärke jetzt
Die Energie.

R2-D2

Biep whiee.

BIGGS

Beil dich, Luke!

(Vader schießt. Explosion. Biggs stirbt.)

LUKE

Dass ich noch diesen Tag erleben muss!
Mein alter Freund aus Tatooine ist tot,
Und das, weil er mir Schutz gegeben hat.
O Biggs, dein Leben hast du mir geschenkt.
Die Schlacht zu schlagen und zu siegen, das
Liegt jetzt an mir: Dem jungen Kerl, der nun
Ein Krieger ist. Doch ruhig, mein Herz, nur ruhig.
Vertraue auf die Macht!

VADER
Der gehört mir.

R2-D2
Wieb miep piep twieb.

C-3PO
Gib acht auf dich, R2!
Und kehre bald zu mir zurück, mein Freund!

CHOR
Lukes Schiff fliegt seinem kleinen Ziel entgegen,
Doch kommt der Dunkle Lord bedrohlich nah,
Da stoppt Luke den Computer – ganz verwegen –,
Die Macht weist ihm den Weg: Der Sieg ist da!

(Der Geist von Obi-Wan tritt auf.)

GEIST
Die Macht ist stark, drum gib dich hin der Macht!

VADER
Die Macht ist wirksam bei dem, der da fliegt.
Mir ist's, als würd mein jüngres Selbst ich sehn.

GEIST
Vertrau mir, Luke, denn dann wird alles gut.

LUKE
Der Klang der Worte wie ein Balsam wirkt
Auf meine Seele. Ich vertrau der Macht
Und nicht dem fehlbaren Computer hier.

(Luke schaltet den Computer aus.)

COMPUTER
Sag, was ist los? Der Zielcomputer; Luke,
Du hast ihn abgestellt. Was ist? Nun sprich!

LUKE
Hört, sorgt euch nicht, denn es ist alles gut.

R2-D2
Biep wiiiiee.

(Vader schießt. R2-D2 wird getroffen.)

LUKE
R2-D2 hat es erwischt!

COMPUTER
Der Todesstern ist jetzt in Schussweite.

(Tarkin tritt auf an der Bühnenseite, im Todesstern.)

TARKIN
Der Schussbefehl ist schon erteilt, drum schießt,
Wenn ihr zum Schuss bereit.

(Tarkin geht ab.)

VADER
Dies ist dein Tod.
Los, stirb, Rebell!

PILOT 1
Gebt acht, Lord Vader, dort!

CHOR

Der heldenhafte Han, er ist zurück,
Betritt die Szene plötzlich – Knall auf Fall –,
Für Luke ist seine Hilfe großes Glück,
Han schießt, dann taumelt Vaders Schiff durchs All.

(Han tritt auf mit Chewbacca, sie feuern auf Vader und die imperialen Piloten. Explosion. Imperiale Piloten 1 und 2 sterben.)

VADER
Doch wie?

(Vader geht verwirrt ab, sein Schiff außer Kontrolle).

HAN
Der Weg, er ist nun frei, o Luke.
Drum jag das Ding jetzt hoch, und dann geht's heim.

LUKE
Ich öffne meine Sinne für die Macht,
Und plötzlich scheint der Schacht mir groß, nicht klein.
Nicht schwer zu treffen, nein, ein leichtes Ziel!
Jetzt ist die Waffe scharf, drum komm jetzt, Glück!
Ich schieß voll Hoffnung, jetzt gibt's kein Zurück.

(Luke schießt und trifft das Ziel.)

CHOR
Der Strahl trifft sicher diesen kleinen Schacht,
Just als der Todesstern zum Schuss ansetzt.
Der Treffer hat die Reaktion entfacht,
Der Stern zerbirst, doch Luke bleibt unverletzt.

HAN
Dein Schuss, er hat sein Ziel genau erreicht,
Welch wunderbarer Treffer dank der Macht!

GEIST
Denk an mich, Luke, erinnere dich mein,
Dann wird die Macht auf ewig mit dir sein.

(Sie gehen alle ab.)

SECHSTE SZENE

Die Rebellenbasis auf Yavin IV.
(Luke tritt auf, aus dem Schiff steigend, mit Leia und verschiedenen Rebellen.)

REBELLEN
Hurra!

LUKE
O Leia!

LEIA
Luke! Du hast's geschafft!

(Han tritt auf.)

HAN
Hey ho!

LUKE

Mein Freund! Ich wusst, du kehrst zurück.
Dein Herz, es sitzt wohl doch am rechten Fleck.

HAN

Ja, glaubst du denn, dass ein Pirat auf Lohn
Und Ehr verzichten würd?

LEIA

Ich wusst genau,
Dass es für dich doch mehr gibt als nur Geld.

(R2-D2 tritt auf, verletzt, und C-3PO.)

C-3PO

O R2, R2, hörst du mich? Mach piep!
Könnt ihr ihn bitte wieder reparieren?
Ich gebe gerne Schaltkreise von mir,
O helft doch, helft!

LUKE

Er ist bald wieder neu.

REBELL 2

Wir kümmern uns um die Reparatur.

(C-3PO mit R2-D2 und Rebellenführer 2 gehen ab.)

LUKE

Gewonnen ist, was erst verloren schien.
Der dunkle Todesstern, er ist dahin.
So endet Tyrannei durch diesen Krieg.
So endet diese Schlacht mit unsrem Sieg.

LEIA

Auf unsrem Weg fand mancher Freund den Tot.
Durch unsren Schlag, da endet jetzt die Not.
Der tiefe Gram weicht jetzt der großen Freud.
Drum lasst uns feiern laut und fröhlich heut.

HAN

Die Chance für den Neuanfang ist da,
Ein Herz schlägt fortan dort, wo Geld nur war.
Verloren und gewonnen ward der Krieg,
Der Todesstern ist fort – uns bleibt der Sieg!

(Chor tritt auf als Epilog.)

CHOR

Die Sonn des Friedens lässt den Tag erstrahlen,
Drum grüßen die Rebellen diesen Tag.
Das All ist jetzt erlöst von seinen Qualen,
Drum ist man froh und feiert, wie man mag.
Der junge Luke, verbunden mit der Macht,
Läuft neben seinem Freund und Retter Han,
Rebellen hört man jubeln – jeder lacht.
Die Helden treten jetzt zur Ehrung an.
Prinzessin Leia gibt den Kämpfern Orden,
Derweil der Wookiee laut und kräftig brüllt,
R2-D2, fast wie neu geworden,
Läuft neben 3PO, von Freud erfüllt.
Die Helden feiern, baden sich im Glück,
Doch bald schlägt das Imperium zurück.

(Alle gehen ab.)

ENDE

NACHWORT

William Shakespeares Star Wars
Auf den ersten Blick erscheint der Titel absurd.

Doch es gibt eine überraschende und real existierende Verbindung zwischen George Lucas' cineastischem Meisterwerk und den ca. 37 Stücken von William Shakespeare. Diese Verbindung ist ein Mann namens Joseph Campbell, Autor des bahnbrechenden Buches *Der Heros in tausend Gestalten.*

Campbell ist für seine Pionierarbeit im Bereich der Mythologie bekannt. Er hat Legenden und Mythen aus der gesamten Weltgeschichte untersucht, um wiederkehrende Elemente – oder Archetypen – zu identifizieren, die allen großen Geschichten zugrunde liegen. Durch seine Forschung hat Campbell entdeckt, dass bestimmte Archetypen immer wieder in Erzählungen auftauchen, die mehrere Hundert Jahre auseinanderliegen, von der antiken griechischen Sagenwelt bis zu klassischen Hollywood-Western. Selbstverständlich waren die Theaterstücke von William Shakespeare eine wichtige Quelle für Campbells Forschung, mit dem grüblerischen Prinzen Hamlet als Beispiel eines archetypischen Helden.

George Lucas ist einer der ersten Filmemacher, der in seinen Filmen bewusst auf Campbells Forschung zurückgegriffen hat. »Bei der Lektüre von *Der Heros in tausend Gestalten*«, erklärte er Campbells Biografen, »erkannte ich, dass meinem erstem Entwurf von *Star Wars* klassische Motive zugrunde liegen … also überarbeitete ich meine nächste Fassung entsprechend dem, was ich über klassische Motive gelernt hatte, um das Ganze kohärenter zu machen.«

Ganz simpel ausgedrückt: Campbell hat sich mit Shakespeare auseinandergesetzt, um *Der Heros in tausend Gestalten* zu schreiben, und Lucas mit Campbell, um *Star Wars* zu produzieren. Folglich ist es nicht allzu überraschend, dass die *Star Wars*-Saga archetypische Charaktere und Beziehungsmuster enthält, die denen aus den Shakespeare'schen Dramen ähnlich sind. Die komplizierte Vater-Sohn-Beziehung zwischen Darth Vader und Luke Skywalker (ebenso wie das Mentor-Lehrling-Verhältnis von Obi-Wan Kenobi und Luke

Skywalker) erinnert an Stücke wie *König Heinrich IV., Erster Teil* und *Zweiter Teil*, *Der Sturm* und *Hamlet*. Genau wie die Sith Lords sind viele Bösewichte bei Shakespeare als solche leicht erkennbar und fast vollkommen böse, darunter bemerkenswerte Schurken wie Jago (*Othello*), Edmund (*König Lear*) und Don John (*Viel Lärmen um nichts*). Andere hingegen sind, so wie Darth Vader, eher zerrissen und komplex in ihrer Niedertracht und so vergleichbar mit Claudius in *Hamlet* und der Verschwörerbande in *Julius Cäsar*. Bestimmung und Schicksal sind Schlüsselthemen in *Star Wars*, genauso wie in *Romeo und Julia*, *Ein Sommernachtstraum* und *Macbeth*.

In Shakespeares Stücken und *Star Wars* wirken auch eine Menge bunter Nebenfiguren mit. C-3PO und R2-D2 betrachten und kommentieren die Handlung so wie Rosenkranz und Güldenstern. Chewbacca ist so unbezähmbar wie Caliban. Lando ist ebenso geschmeidig und (zunächst) eigennützig wie Brutus. Obi-Wan Kenobi ist vor seinem Tod ein weiser Prospero und ein herumspukender König Hamlet danach. Jabba hat Ernährungsgewohnheiten, die Falstaff gefallen könnten. Boba Fett erinnert an die Mörder 1, 2 und 3 aus *Richard III.*, allerdings mit Raketenrucksack und Blaster anstelle des Messers. Yodas Sätze sind so umständlich wie die von Dogberry und gleichzeitig so weise wie die von Polonius.

Dem Werk Shakespeares und den *Star Wars*-Filmen ist aber auch ein vergleichbares Niveau an Popularität und Relevanz gemein. Daher wird von allen umfassend gebildeten, postmodernen Kulturliebhabern erwartet, mit beiden Werk-Universen zumindest flüchtig vertraut zu sein, denn Zitate aus beiden Bereichen haben Eingang in unsere Alltagssprache gefunden. Es ist ebenso wahrscheinlich, eine von Shakespeares bleibenden Redewendungen wie »Gut gebrüllt, Löwe«, »Der Rest ist Schweigen« oder »In der Kürze liegt die Würze« zu hören wie die Aufforderung »Nutze die Macht«.

Wäre *Star Wars* ein Shakespeare-Drama, würden wir es am ehesten zu den Romanzen zählen, also Stücken wie *Der Sturm*. Gleichwohl enthält es auch Elemente einer Historie (die Geschichte des Galaktischen Imperiums mit all den Intrigen aus *Richard III.*) und einer Komödie (*Ende gut, alles gut*) sowie – betrachtet man den Storybogen der sechs Filme – die Tragödie des Anakin Skywalker.

Die Idee für *William Shakespeares Star Wars* kam mir, nachdem ich mir die ursprüngliche Trilogie, deren Dialoge und Szenen mir mehr als bekannt sind, zum millionsten Mal angesehen hatte und (kurz darauf) vier Aufführungen des Oregon Shakespeare Festival beiwohnte. Auf diesem Shakespeare-Festival wurde ich mit etwas Neuem konfrontiert: *Die sehr lustigen Weiber von Windsor, Iowa*, eine Bearbeitung der klassischen Shakespeare-Komödie von Alison Carey, die im gegenwärtigen Iowa inmitten einer Bevölkerung spielt, die freudig die gleichgeschlechtliche Ehe akzeptiert. Mir wurde klar, wie reizvoll es ist, den Shakespeare-Stoff in einen völlig neuen Kontext zu übertragen, und am nächsten Morgen erwachte ich mit der Idee für dieses Buch.

Als ich dann versucht habe, die klassischen Filmdialoge so gut wie möglich in Blankverse zu transferieren, war mir mein Interesse an Sprache und Wortspielen mehr als nützlich.

Für die, denen dieser Begriff fremd ist: Blankvers (oder auch jambischer Pentameter) ist das Metrum, das Shakespeare in seinen Stücken und Sonetten verwendet hat. Ein Jambus ist ein Versfuß, bei dem eine betonte auf eine unbetonte Silbe folgt, und Pentameter bedeutet, dass jede Zeile fünf Jamben enthält, sodass eine Zeile Blankvers (jambischer Pentameter) folgendermaßen klingt: da-DUM da-DUM da-DUM da-DUM da-DUM (Simon and Garfunkel's »I'd rather be a hammer than a nail" ist ein perfektes Beispiel).

Der Rhythmus des Blankverses ist für mich natürlich und intuitiv, daher hatte ich eine Menge Spaß, 3076 Zeilen davon zu schreiben. Ein wissenswertes Detail für Fachidioten: Damit erreicht *William Shakespeares Star Wars* die Durchschnittslänge eines Shakespeare-Stückes (*Die Komödie der Irrungen* ist das kürzeste, mit 1786 Zeilen; *Hamlet* das längste mit 4024). Das hier war eine Herzensangelegenheit, und ich habe jede einzelne Silbe genossen.

DANKSAGUNGEN

Der Schreibprozess von diesem, meinem ersten Buch war eine aufregende Reise in die Verlagswelt, und ich bin all jenen dankbar, die mir den Weg frei gemacht haben. Ich danke dir, Jason Rekulak, meinem Lektor bei Quirk Books, dafür, dass du an dieses Buch geglaubt und mich ermutigt hast, es überhaupt zu schreiben. Dank gebührt auch dir, Adriann Ranta, meiner Agentin, die mich durch ein Labyrinth an Verträgen geführt und die tausend Fragen beantwortet hat, die ein werdender Autor so hat. Mein Dank gilt auch Jennifer Heddle und Carol Roeder von Lucasfilm, denn sie haben die redaktionellen Prozesse reibungslos gestaltet, an Nicolas Delort für seine wunderbaren Illustrationen sowie an den Rest der Belegschaft von Quirk und Lucasfilm für ihre wundervolle Mitwirkung.

Großen Dank schulde ich meinen tatsächlichen und metaphorischen Brüdern Erik Doescher, Josh Hicks und Ethan Youngerman dafür, dass sie die ersten Versionen des Manuskripts gelesen und mich auf dem ganzen Weg konstant angefeuert haben. Ein Dankeschön geht an meine Eltern, Beth und Bob Doescher, für ihre bedingungslose Liebe und dafür, dass sie *Star Wars* zu einem Teil meiner Wirklichkeit gemacht haben – länger als ich mich erinnern kann. Mein inniger Dank gebührt Murray Biggs, meinem Englisch-Professor an der Universität und gutem Freund. Murray hat bei diesem Buch eine Herkulesaufgabe bewältigt, indem er über dem Manuskript gegrübelt und kleine Korrekturen vorgenommen hat, um meine Nachahmung des Shakespeare'schen Stils zu verbessern. Er nannte es Pastiche, ein Wort, das ich erst durch ihn kennengelernt habe.

Vielen Dank an Jane Bidwell, meine Englischlehrerin auf der Highschool, denn durch sie habe ich Shakespeare lieben gelernt und ein Verständnis für den Blankvers bekommen.

Zusätzlicher Dank gilt all den anderen, die mich unterstützt haben: Heidi Altman, Jeff und Caryl Creswell, Mark Fordice, Holly Havens, Jim und Nancy Hicks, Apricot Irving, Steve Maddoux, Chris Martin, Matt Matros, Joan und Grady Miller, Michael Morrill, Dave Nieuwstraten, Naomi Walcott und Doug Zabroski.

Und schließlich: Vielen Dank an meine Frau, Jennifer Creswell, und an unsere Kinder Liam und Graham. Auch wenn sie keine Shakespeare-Liebhaberin ist – und eine generelle Ablehnung gegen *Star Wars* verspürt –, hat mir Jennifer Unterstützung, Liebe und Ermunterung während der gesamten Entwicklung dieses Buches zukommen lassen. Liam und Graham waren von Beginn an von »Papas Buch« begeistert und sind (wie mit Stolz festgestellt wird) im Verlauf meiner Arbeit an diesem Buch große *Star Wars*-Fans geworden.

NACHWORT ZUR DEUTSCHEN AUSGABE

Eine Übersetzung kann immer nur eine Annäherung an das Original sein. Das gilt im Besonderen für die Übersetzung von Texten im Versmaß. Dafür gibt es einige Gründe. Hier will ich aber nur auf die eingehen, die für dieses Projekt von Bedeutung sind.

Das Hauptproblem bei der Übersetzung eines Blankverses ist die Anzahl der Silben, denn in der englischen Sprache gibt es wesentlich mehr einsilbige Wörter (ca. 70 %) als in der deutschen, und nur jedes zehnte englische Wort ist drei oder mehr Silben lang. In der deutschen Sprache hingegen ist gut die Hälfte der Wörter zwei oder mehr Silben lang. Dieser Unterschied ist gerade bei einer Übersetzung nicht zu unterschätzen, denn umso mehr Silben ein Wort hat, desto schwieriger lässt es sich in einen Vers packen.

Das nächste Problem sind die Wortspiele, die sich nur sehr selten eins zu eins übersetzen lassen. Daher ist es sinnvoll, ein Wortspiel, das sich nicht oder nur sehr unschön ins Deutsche retten lässt, wegzulassen und dafür ein Wortspiel einzubauen, wenn es sich anbietet – Ähnliches gilt für Alliterationen und andere Sprachfiguren.

Von einer Übersetzung im klassischen Sinne kann daher eigentlich nicht mehr geredet werden, man muss vielmehr auf den ebenfalls etablierten Terminus der Übertragung zurückgreifen, der ja gerne in Verbindung mit Gedichten und Dramen verwendet wird. Für *Shakespeares Star Wars* muss der Begriff der Übertragung aber noch etwas erweitert werden.

Die in Deutschland bekannteste Übersetzung der Dramen Shakespeares (die von Schlegel-Tieck-Baudissin) ist zwar sprachlich sehr schön, hat aber auch ihre Schwächen. Vor allem die Entscheidung der Übersetzer für einen »weiblichen«, d. h. unbetonten Versschluss, der dem betonten »männlichen« Versschluss der Originale entgegensteht, ist problematisch. Trotzdem ist es wichtig, mit diesen Fassungen zu arbeiten, da man in Deutschland Shakespeare-Zitate meist nur in dieser Übersetzung im Kopf hat.

Nach kurzer Überlegung haben wir uns für die Übertragung von *Shakespeares Star Wars* auf den »männlichen« Versschluss geeinigt, da eine betonte Endsilbe jeder Zeile einen gewissen Nachdruck verleiht. Zudem fließt der gesamte Text auch besser, da die nächste Zeile ja mit einer unbetonten Silbe beginnt. Beim »weiblichen« Versschluss treffen an dieser Stelle zwei unbetonte Silben aufeinander. Durch das Verwenden von Zitaten musste dieser Entschluss natürlich aufgeweicht werden, da diese ja unverändert in den Text eingebaut werden sollten.

Die Zitate aus den Dramen Shakespeares sind wichtig, denn sie stellen die reizvolle Wechselwirkung zwischen Shakespeare und *Star Wars* her. Daher benötigt man gut erkennbare Zitate, die in den Kontext passen. Dafür eignen sich im Deutschen ganz andere Zitate als im Englischen, denn viele geflügelte Worte, die in England jeder kennt, sind in der Übersetzung weniger griffig formuliert und daher auch nie ein Teil der Umgangssprache geworden. Auf der anderen Seite gibt es Zitate, die in Deutschland viel bekannter sind, da in diesen Fällen die Übersetzung eingängiger ist. Kurz gesagt: Für die deutsche Fassung mussten teilweise andere Zitate her.

Auch in der Übersetzung des Nachwortes wurden die englischen Shakespeare-Zitate durch deutsche ersetzt, die geläufiger, bekannter und damit auch passender sind, denn – wie bereits erwähnt – geht es bei den Zitaten vor allem um den Wiedererkennungswert und die Wechselwirkung, die durch den neuen Kontext entsteht.

Deshalb arbeitet die Übertragung von *Shakespeares Star Wars* mit einem kleinen Kunstgriff: Um die Sache im Deutschen interessanter zu machen, wurden zusätzlich ein paar Zitate von Goethe und Schiller in den Text eingebaut. Dies erscheint mehr als gerechtfertigt, da gerade Zitate dieser beiden Autoren in der deutschen Alltagssprache einen Stellenwert haben, der mit dem von Shakespeare-Zitaten im Englischen vergleichbar ist. Somit entsteht durch das »falsche« Zitat die »richtige« Wirkung und mithin jener Effekt, der Ian Doescher bei der Aufführung von *Die sehr lustigen Weiber von Windsor, Iowa* so fasziniert hat.

Stuttgart, März 2014 Jürgen Zahn

NEU!
DAS MAGAZIN FÜR ALLE
SCIENCE-FICTION-FANS
100 SEITEN
Geek!
Jetzt auch als
eMagazine
erhältlich (App für
Android und iOS)!
ALLE ZWEI MONATE
NEU IM HANDEL!
PANINI
WWW.GEEK-MAG.DE
WWW.PANINICOMICS.DE